소망의 언덕을 향하여

소망의 언덕을 향하여

1판 1쇄 발행 | 2022년 8월 10일

지은이 | 홍규섭
발행인 | 이선우
펴낸곳 | 도서출판 선우미디어
　　　　등록 | 1997. 8. 7 제305-2014-000020
　　　　02643 서울시 동대문구 장한로12길 40, 101동 203호
　　　　☎ 2272-3351, 3352 팩스 2272-5540
　　　　sunwoome@hanmail.net
　　　　Printed in Korea ⓒ 2022. 홍규섭

값 13,000원

ISBN 978-89-5658-707-3 03810

소망의 언덕을 향하여

홍규섭 시집

시인의 말

어린 시절부터 나는 남다른 꿈이 있었는데 혼자 잘 사는 자기 위주로 세상 사는 것보다 열심히 일해 얻은 작은 것이라도 나누며 정답게 살아야 한다는 인생관으로 오늘날 80이 넘는 세월을 살고 있습니다. 어릴 때 가난해서 정상적인 과정의 교육을 받지 못했지만, 문학적인 책을 좋아해서 마음에 드는 책을 서점에서 사서 많이 읽었습니다. 소련 작가 톨스토이 인생론, 미국 작가 미래학자 토플러, 영국 역사학자 토인비, 독일 철학자 칸트 등 세계의 우수한 작가들의 정성 어린 작품들을 열심히 읽었습니다.

대학 시절, 지금은 작고하신 당시 경희대학교 총장 조영식 박사께서 인류평화에 대한 지대한 관심으로 세계총장대회를 두 번이나 개최하셨습니다. 그때 하신 총장님 말씀을 마음속 깊이 새기고는 나도 앞으로 작은 밀알이나마 인류평화에 이바지했으면 하는 각오로 수십 년간 온 정열을 기울여 왔습니다. 오늘날 인류평화에 관한 내용의 ≪새로운 세상을 여는 인간의 진리≫ 1, 2, 3권을 출간한

바도 있습니다.

　지금 우리 사회는 책보다는 최첨단화된 스마트폰으로 새로운 정보를 접하며 유튜브 등 수많은 흥밋거리로 인하여 책 읽기는 점점 더 멀어지고 있습니다. 그런데 아무리 현대 전자 문명이 우리의 삶에 중요한 부분을 담당하더라도 문학서적과 자서전, 철학서와 역사학, 미래학, 성서를 읽어야만 정서적인 영역이 충족될 것입니다. 좋은 책이야말로 진정한 삶의 지혜, 참 진리로 안내하는 길입니다. 또 건전하고 참다운 인생관을 정립해 주고 제대로 된 인격을 수양하는 길이기도 합니다.

　복잡하고 난해한 책은 외면당하는 현대인에게 어떻게 하면 짧고 간단명료하게 나의 생각을 전달할 방법이 없을까, 고심 끝에 정서적인 안식처가 될 수 있는 생각들을 집약시킨 시집 ≪소망의 언덕을 향하여≫를 출간하게 되었습니다. 몇 년 전에도 단상 시집 ≪새 삶의 인생길≫을 펴내기도 했습니다.

　독자 여러분, 나의 책을 읽어 달라기보다는 바쁜 첨단시대에 훌륭한 작가들의 좋은 시편이라도 많이 읽어주시기를 당부 말씀을 드리며, 그리하여 좀 더 정서적으로 안정과 내일의 좋은 인생관을 정립하시길 바랍니다. 독자 여러분의 소망이 성취되시기를 하나님께 기도드립니다.

2022년 7월
작가 홍규섭

차 례

2 **남풍이 불어오면**

4 소망의 터전

5 이정표를 따라

1

천둥소리

목련화(1)

엊그제 내린 눈이
아직도 먼 산에는
녹을 기미마저 보이지 않는데
너는
땅 기운 얻어 피어나는
그 정성이 한없이 고맙구나

오늘 사는 세상이
너무 어지러워
사람마다 모습들이 너무 괴롭구나
짓궂은 눈 비바람이
사정없이 몰아쳐도
조금도 개의치 않고
피어나는 그 모습

고통스럽게 사는 사람들의 마음을 달래주기 위해
인간 세상에 말없이 피어나는 그 자태가
너무나 거룩하고 신비하구나

이 고난의 세월에
너마저 없었다면

우리는 무슨 재주로
이 고통을 참고 견딜 수 있을까
오늘도
이 세상에
아무 대가도 없이 피어주는
그 심산을 어디에 견주어야 할까
너마저
이 세상에
피어나지 않았다면
이 괴로운 사람들의 마음을
누가 달래주리

해

거룩한 해님이여
세상 만물들을 얼어 죽음에서
구원의 천사처럼 따뜻한 빛을 선사하며
죽음에서 생명 구해주는
그 고마움 잊을 길 없구나

만물 중에 해님의 고마움의 정
못 느끼며 세상사는 처세 야속만 하지
세상에서 숨 쉬고 사는 자들이시여
그래도 생육하는 기관을 가졌기에
자라남이 세상에
돋보이게 하지 않은가

말없이 매일
자기에게 주어진 일정 책임지느라
고달픈 기색 없이 최선을 다하는
그 모습이 항상 부럽기 그지없네
이 세상 만물 중에

교만스러운 것들
추우면 춥다 더우면 덥다

오만 요담을 다 표출하는
그 간사함
어찌 그리도 참을성 대담성도 없는지
너무나 말 많고 요란스러운 세상이지만
너는 좋고 나쁨을
한 번도 내색하지 않는
그 정성 마냥 부럽구나

봄기운

따스한 햇살 받아
겨우내 제대로 숨마저 쉬지 못하던 세상 사물들
지옥에서 환상으로 소생하는 그 거룩함

때로는 자연이 인정사정없는 냉엄한 기류
또 한편 얼룩진 내 마음을 쓰다듬어 주는
따뜻한 고운 온정 고맙기도 하네
세상 삶의 기류도 자연을 닮아가나

어느 누구는 좋은 시절 만나
인생에 불편함을 잊고
마냥 웃고 살 운세가 날로 길어져
행복함 불어오는 봄 바람 타고 거침없이 잘도 가지

그러나 그 어느 때 누구 할 것 없이
잘 나가는 인생에도 거친 풍랑이
자신의 운명에 덮칠 때가 언제 있을지
좋은 시절을 감미하며

미리미리 대책 수립이 절실하구나

따스한 봄은
지옥 같은 겨울 혹한에 움츠렸던
삶의 고통을 풀어주는
좋은 계절이 마냥 지속될 수 없고
때로는 말 못 할 시련에
직면할 때가 없지 않다.
그러므로 좋은 시절에 얻은 기운을
축적해 놓았다가
어려운 시절을 미리 대비하는
인생에 대한 지혜가 필요하다.

천둥소리

세상에 만물들이
목말라 애타게 기다리는 비
언제 올 것인지 기약 없는 나날
대지는 건조하여
만물들은 시들어 죽어가는 운명

여기저기
물 달라고 외치는 신음소리
누가 물을 가져올 것인가
연약한 생물들은 메말라 죽어간다
하나님 보시기에 너무 딱해

죄 많은 인간 세상에
바람을 시켜 비를 몰고 가
죽어가는 생물들에게
단비를 내려주라
어디에서인가 천둥 번개가 친다

고대하며 바라는 장대비가 쏟아진다

하나님이시여

이제 다시 죄를 짓지 않으렵니다

죄 많은 인간

세상에 단비를 주어

재생의 영생 길

열어주시니 고마울 따름입니다

참새

두 선 나란히 어디까지
뻗어나간 지 보이지 않네
선 위에 보기 좋게
옹기종기 나란히 앉은 참새들
먹이 활동 힘들어 쉬고 있을까
어디 좋은 먹잇감 없나
감지하기 위해서일까

사람이나 날짐승이나
자기 이익 챙기는데
한시도 소홀함 없이
바쁜 나날 보낸다
먹지 못한다면
그 어떤 사물도 세상살이 쉽지 않지
욕심내기 이전에 육체 보존 위해
적당한 영양 섭취는 기본

평화롭게 앉아 있는 참새들이

위기에 직면하네
어디선가 참매가
전속력으로 참새를 낚아채
깊은 숲속으로 사라진다
옆에 앉아 있던
여러 참새 혼쭐이 나 도망친다

세상에 무한한 공간에 사는 날짐승도
걱정 없이 잘 지내며 살아갈 줄 알았는데
그들의 세상에도
힘센 자와 약한 자가 있기 마련
약한 자는
언제나 마음 졸이며
살아야 할 운명인가

알

어미가 알을 낳아
알뜰히 품는다
적막에서 스스로
자기 기능을 소생시켜
아무 도움 없이
단단한 껍질을 차고 나온다

밝은 세상에서
자기 삶에 대한
토대를 잡아가야 할
그 고귀한 생명체가
날로 성숙되어 가는 과정에서

자연의 신비함을
그 어디에서도
찾아볼 수 없는
스스로 간직하고
세상을 살아가는

미완성에서 완성으로
자기 운명을 짊어지고
오늘도 살아가는 그 모습이
참으로
신기하고 아름답구나

구름

푸른 저 먼바다에 솜털 같은
뭉게구름 어여쁘게 피어오르고
사람들은 모두가 탄성을 지른다
고달프고 지루함을
해소하는 마음의 보약

잔잔했던 바다에 지친 물결이 일어난다
어디에서 불어오는지 거센 바람이 부니
한없이 넓은 만경창파가 삽시간 혼란에 휩싸여
어부들은 뱃머리를 육지로 돌린다

갑자기 천둥 치며 아치 오색 무지개
찬란하고 몽롱한 마음의 혼탁
더 우왕좌왕할 겨를이 없다
사력 다해 이곳을 피해 나가야 한다

누군가 가르쳐 주지도 않았지만
수많은 세월을 통해 얻은 경험으로

안전지대를 향해
거친 바다에 마냥 머물 수 없어서
허겁지겁 아늑한 항구로 찾아든다

가을

온 청산이
붉게 물들어 가네
우리 님 언제 오실는지
가지마다 오색찬란한 잎새
본떠서 고이 간직해 두었다가
오시는 날짜 알려오면
포목시장 가서
오색 천 사다가 정성껏
치마저고리 만들어 선사하고 싶네

가을이 깊어 가면 산마다 넘쳐나는
유실수 가지마다 주렁주렁 달린 열매
익어가는 자태가 탐스럽게 유혹하지
그중에서 수많은 가시로
에워싸인 밤

껍질이 살짝 벌어져
뾰족이 보이는 그 알

마음을 유혹시켜 달랠 길 없어서
장대를 들고 가서 털어
송이송이 까서
님과 같이 화로에
구워 먹었으면

바닷가에서

파도치는 바닷가에서
운명을 띄워 본다
날이 가고 해가 져도
모래 씻는 파도
한시도 쉬는 날 없이
자기 일만 하네
은빛 나는 백사장 아름다워라

파도 소리 그치지 않으니
가슴에 뛰는 맥박도 우렁차다
괴로운 마음 다 털어버리고
과수원에 피는 복사꽃처럼 곱게 피어

꽃잎 지고 작은 열매 맺어
따가운 햇살 비바람 맞아가며
한 여름 성숙이 자라
찾아오는 이마다
마음을 설레게 하는 이른 가을

몇 알 따가지고 푸른 바닷가에서
발을 담그고 깨물어 먹을 때
과수원 농부 땀 흘려 가꾼 과일
추억에 맺은 고마움 생각하며 먹게 되네

아침

동쪽 바다에 해가 솟아오르니
적막에 싸인 어두움 자취를 감추고
알알이 풀잎에 맺힌 이슬도
햇살에 견디지 못하고
어디론가 사라지네

우주 공간에
말없이 흘러가는 구름을
잡아 보려 애쓰지만
모두가 다 헛꿈
속히 바른 마음 가지려고 노력해본다

만 가지 하루아침에 다 이룰 수 없음을
속히 깨닫는다면
고운 마음 헛된 곳에
낭비하지 않을 텐데
언제 제 위치에 돌아와서
새 출발하려나

하루아침은 말없이 지나가고 있는데
아직도 지난밤의 황홀함 잊지 못하고
하품만 하는 사이 언제 제정신 차릴까
오늘도
속절없이 하루가 지나간다

토실 밤

싸늘한 가을 바람 불어대니
따가운 햇살은
설익은 토실 밤
더 빨리 익게 재촉하는 나날들
외피 껍질 더 넓게 벌리기 여념 없다

어린아이들은
가을바람에 코스모스에게 인사하고
잠자리 잡는
긴 채 들고 산과 들에 나가나
잠자리는 보이지 않네

산자락 길옆 늘어진 밤나무
살짝 벌어진 밤송이
아이들 마음 유혹하네
갑자기 목청에 침이 감돌아
긴 잠자리채로
익어가는 밤송이 낚아채

호주머니 가득 넣고
양손에 쥐어 들고
집에 와서 이글거리는
숯불에 구워 먹는 맛
어디에서도
느껴보지 못한 구수한 향기
오늘에 사는
즐거움 보람을 느끼네

뻐꾹새

뻐꾹 뻐꾹 울음소리 처량도 하네
짝없이 홀로 사는 서러움
달랠 길 없어
자신도 감지 못한
애끓는 울음소리

광야 멀리 퍼져나가는
리듬의 곡조
어느 누가 네 목소리
더 아름답게 가다듬어주리
봄 실안개 주위를 휘감아
자신의 처절함을 감추어주고

목메인 구슬픈 소리
어느 세상에 누가 알아주리
오늘 사는 모습 노래인지 애원인지
듣는 이마다 감상이 다를 수 있지
절망보다 희망 리듬으로 알아주길

계절 따라 사는 우리 운명
누가 이렇게 지어주었는지
알 수 없는 주어진 운명 가지고
이 나무 저 나무 옮겨가며
노래하며 사는 멋

해변

사랑 꿈 싣고
저 멀리 수평선으로
고독에 잠긴 수심
너울거리는 파도에 잠겨 바라보면
숨결은 파도 소리와 장단을 맞추며

오늘 살고 내일 살길 찾아가면
백사장에 하얗게 부서지는 파도
가슴속 가득한 고독도
함께 부서져 사라지려나
굽이굽이 바다 물결
하얀 백사장 그리워 찾아드네

떼지어 날아드는 물새들
어디에 먹잇감 없는지
여기저기 정신없이 쫓아다니는 발자취
밀려오는 파도에
날개 적시지 않고

뛰고 나는 모습
거룩하고 신기하지
세상에 이런 물새 태어나게 할 때
나름대로 죽지 않고 살아갈 길 가르쳐준
하나님께서
베풀어주신 뜻이 아닐지

슬피 우는 작은 새

오색 물들어가는
가을 나뭇잎
나뭇가지에 앉아
처량하게 슬피 우는 작은 새
한여름 풍성한 계절
어미 보살핌으로 잘 지내다가
어미는 미련 없이 떠나가고
스스로 독립해 살아야 할 운명

아무리 따뜻한 애정으로 키운 새끼지만
스스로 운명을 개척해 살아야 한다는
주어진 자연의 법칙 때문일까
어미의 그리움 못 잊어
처량하게 우는 작은 새

쌀쌀한 가을바람 멈추지 않으나
마음의 결심 더 깊이
다지지 않을 수 없는 신세

아무리 울부짖고 기다려 보아도
어미가 다시 나타날 기색 없고

주어진 자기 운명
스스로 챙겨야 한다는 마음
한시도 주춤거릴 수 없는 바쁜 순간들
이제는 그만 울부짖어야지
어미 도움 단념하고
어디로인가 날아가 버리는
작은 새

항구

저 멀고 먼 남태평양
고기잡이 떠나는 울산 방어진 항구
온 집안 식구들 작별 인사하러 모두 나와
잘 다녀오라고 손 흔들며 인사하네
먹이 찾아 날던 갈매기도 날아들고
같이 동반하기 위해 배 위에 모여드니
먼 길 외롭고 아쉬움 다 잊어주는
마음의 든든함 지는 항구여
다시 찾아올 그 날까지
잘 있으라

어부들의 가슴을 대변해주는
뱃고동이 울린다
퍼져나가는 그 소리
항구에 사는 사람들에게
기쁜 소식 가득 싣고 올
그날까지 잘 있으라고
떠나는 마음

잘 다녀오라는 마음
서로 안녕

수백만 리 고기떼 찾아온
남태평양 푸른 바다
선장 지시에 그물 쳐놓고
만선의 기회 달라고
용왕님께 비는 마음
뱃사람들 모두 정성을 다하네
시간이 되어 깊이 내려놓은
그물을 당겨 올리매 고기가 가득
만선의 배 바닷물 찰랑거리는 기쁨
용왕님께 고마움 인사하느라
긴 뱃고동 소리 창공에 퍼져나가고
엔진 속력을 높여 떠나온
항구를 빨리 찾아가야지
헤어졌던 갈매기도
잘 다녀오신다고 배 위로 날아든다

산

산아 산아 태산아
하늘 높이 얼마나 치솟아야
네 마음속 만족할 수 있을까
기왕에 높았으니
좀 더 높았으면

높고 또 더 높으면
작은 산들에게 미안하지 않을까
하는 일 없이 키만 높다 하여
체면 구기지 않을까

산에게 주어진 가치
어느 누가 수목을
더 많이 가졌느냐
많은 수목 거느리지 않고
키만 크면 무슨 의미 있나

키 작은 산들
수많은 수목 거느리고
세상 어디에 내놓아도
손색없는 제 가치 멋
훌륭함에 매료되어
다시 한번 쳐다본다

조각달

고요한 기류 속 서산에 기우는
조각달 타고
세상 만방에 흩어져 나르는
민들레 씨앗 주워 담아

님 사는 앞마당
길옆 사이사이 뿌려놓으리
추운 겨울 모진 눈보라에
죽지 않고 살아남아 꽃피우면

닫았던 마음 활짝 열어
님 그리움 다시 생각하며
어느 때나 오신다면
온 정성 다 모아
외로움 달래며
활짝 핀 민들레와 님 맞으리

산산조각 난 님 그리움

다시 싸매어
못 잊어 사는 사람
타고 온 조각달
간 데 온 데 없고
둥근 보름달만
앞마당 높이 떠 웃고 있네

물총새

유유히 흐르는 냇가 늘어진 나뭇가지
물총새 한 마리 앉아 구슬피 울고 있다
짝이 없어 집이 없어 외로워 우는지
먹이 잡기 어려워 우는지 알 길이 없다

한 방울 두 방울 떨어지는 비도 개의치 않고
지난 몇 주 전 심한 소나기로
살던 집 강둑이 무너져
거처가 없어져
알 낳을 둥지 마련 못 했나
무엇인가 삶에 귀중한 것
아쉬워 우는가

물총새 슬피 우는 그 마음
누가 알 수 있다면
고통스러울 고갯길 있어도
이 마음 정성 다해
슬픔에 찬 고운 물총새

마음 진정시켜주지
날은 저물어 가는데
그 자리 떠날 생각 않고
어디선가 화려한 깃털 가진
물총새 한 마리 찾아와

등위에 살포시 앉았다가 날았다가
앞으로 마주 보며
부리로 입맞춤 지칠 줄 모르네
사람이나 날짐승이나 짝이
이렇게 반갑고 소중할까

목련화(2)

사랑스런 목련화야
땅 기운 받아 아름답게 피어나는 모습
티 하나 없이 백설 같은 하얀 자태
아직 봄기운 완연하지 않은데
세상이 모습 보이니
그 아름다움 어디에 견줄 수 있을까

흠잡을 곳 하나 없는 목련화야
내 가슴에 오래도록 머물러주렴
세상에 피어나면
오래 있지 못하는 아까운 자태
오늘도 모진 비바람이
너의 모습을 괴롭히는구나

간사스러운 인간의 마음
곱게 피어난 모습만 마음껏 보고
지고 나면 구설수 퍼붓는다

오, 아름다운 목련화여
세상보다 내 가슴에 오래 머물러
필 때나 질 때나
오래도록 좋아하리라

등댓불

오늘도 아늑한 항구를 등지고
수평선 저 멀리 고기잡이 떠나는 배들
어부들은 부푼 가슴 만선의 꿈
반드시 이루어지기를 비는 마음

선장은 기관장에게 더 속력 내기를 지시하며
어종이 풍부한 어장터 누가 먼저 선점하나
오늘의 만선을 좌우하는 긴박한 상황
때맞추어 쳐진 그물
시간 되어 올리니 만선이구나

고기는 가득 잡아 기쁜 마음 그칠 줄 모르나
미처 알지 못한 거센 비바람 잦아질 기미 없고
풍랑마저 큰 너울 뱃전을 넘나든다
당황한 선장 긴장에 사로잡혀

캄캄한 날씨에
어디가 어디인지 분간 못 하는 사이

어디에선가 반딧불처럼 아련하게 빛이 비추인다

저곳이 육지인가
마음을 달래가며 조심조심
빛 따라 다가가니 아련히 들어온 등댓불

지쳤던 몸과 마음
다시 추스르며 항구에 정박하니
선원들도 구사일생 다시 살아난 듯
선장에게 미소로 고마움 전하고
우리를 살린 은인, 등댓불에 고마움 전한다

모닥불

사늘한 기온에
강 건너오느라고
온몸이 떨려
참기 어려운 처지
옷마저 다 젖어
따뜻한 기온
한없이 그리워지는 순간마다
모닥불 생각이 절로 나

저온에 시달리는 체온을
부둥켜안고 여기저기
흩어져 있는 마른 나뭇가지들을
하나둘 모으느라
정신력을 집중하다 보니
그렇게 떨리던 몸도 진정되고
마른 나무토막에 나무토막을 얹어
죽을힘을 다해 비벼대니

연기가 나고 불꽃이 일어나네
젖은 옷도 말리고 몸도 녹여
절망에 차 있던 마음 되살아나

조선족의 후예들

어려운 곳에 태어나
세상살이 벅차서
정들었던 고향 산천 뒤로 하고
두만강 건너 허허 만주벌판 황무지
손발이 다 닳도록 개발해
옥토로 만들었다

봄에 여러 잡곡 다 심어
여름내 열심히 가꾸어
가을에 풍요로운 추수로
지난 세월 굶주렸던 배 채우고
남부럽지 않은 마음의 풍요로움
기쁨만 가득하다

지난 고통스러웠던 시절
다 잊고 새 삶 인생길 여니
밝은 새 인생길이 확 트인다

조선족 후예들이여
한 민족의 수난기를
다시 재발하지 않도록 최선을 다해보자
시시각각 변해가는 국제정세를 잘 가늠하여
혹시 미비한 점이 없는가
점검하고 또 점검해보자

우리가 사는 인간 세상
너무나 가변성이 많아
마음을 수없이 다짐하지만
한번 불성실하게 되면
수많은 세월을 통해 쌓아 올린
공든 탑도 하루아침에 무너지고 말 것이다

우리 민족의 후예들이
남의 땅에서 많은 고통이 따르지만
인생의 도리 제대로 완주한다면
불미스러운 일들이 일어나지 않으리

백두산

그 옛날부터 너의 모습 한번 보았으면
간절한 마음 쌓여 왔다
오늘에야 비로소 너를 만나게 되었다
그나마 너를 만나러 가는 길이
너무 험하고도 멀었다

안타깝게도 우리 땅 밟고 가지 못하고
남의 땅 밟고 가니
너무나 애달프고 서럽구나

천년이고 만년이고
천지 품고 사는 백두산아
어이하여 우리 민족은 둘로 갈라져
한때 말 못 할 혈전을 벌려
수많은 무고한 동포가 희생당했나

오늘날까지도
해결 못 한 조국의 양단

병풍으로 둘러싸인 천지
천만년 변함없는 그 모습
내 속마음 수정 같은
깨끗한 천지 물에 한 번 씻어보련다

새 정신 차리면
네가 이 민족 서러움 씻을
영감이라도 꿀 것인지
오늘 백두산 천지를 바라보며
한없이 기도해보네

천만년 이 민족과 눈비 맞으며
생사고락을 같이 한 백두산아
앞으로 이 민족의 고난을
언제나 멈추어 줄 것인지 말해 다오
내 청춘 다 가기 전 너를 찾아와
속 깊이 한번 기도하고 있네

만선

햇볕이 내리쪼인다
가슴마다 불이 붙어
열기가 머리끝까지 차오르고
아무도 감당하지 못하는
서글픈 나날들

그 옛날 애국심 강한 선열들
조국 잃은 슬픔 안고
정들었던 고향 집 뒤로 하고
조국의 독립에
조그마한 밀알이라도 되고자
갖은 고난 다 겪으며
한 시대를 살았네

어느 누가 한세상 태어나
부귀영화 싫어할 자 없고
애국선열 그 어떤 영화도 다 뒤로 하고

오직
대한 독립에 온 청춘 다 바친 그 거룩함
오늘 세대의 그 누가 알아주리

젊은 세대들이 한 치라도
조국 소중함을 알아주었으면
이렇게 위기에 처해도
제대로 말하는 자 없고
조국을 위기로 몰고 가는 자에게
항변 한번 제대로 못 하네

보고파

동쪽 나라 푸른 소나무 빽빽이 들어선
울창한 울기등대산
동해 푸른 바다로 길게 뻗어나간
천년의 아름다운 소년 시절
동네 앞 긴 백사장
친구들과 손잡고 걸어
등대산 찾아 깃털 나무 사이로
젊은 날 꿈을 키워주던 낭만의 시절

남태평양에서 거칠게 불어오는
사나운 태풍들
내가 자란 우리 동네 아늑히 감아 품어주는
울기등대산이 막아주고
오늘도 변함없이
묵묵히 세월 보내는 사이
우리는 고향 떠나
도시 생활하느라 여념이 없고

겨울철이면 거친 집채 같은
파도가 동네 앞 민 섬에
하얗게 부서지는
내 고향 울산 동구 일산동
한없이 그립고 보고 싶구나
이 몸은 벌써
등대산 소나무 숲같이
노송이 되어가네

어릴 적 우리 동네 수많은 선친이
일본 동경대학 구주대학 경성대학
많은 석학이 태어났고
나라가 일제에 강점당해
말과 글을 못 하게 하던 시절
선친들은 사재 털어
학교를 세우고 독립운동에
전심전력을 다하시던
그때 그 시절이 너무 감명 깊네

비를 머금은 구름

비를 머금은 구름아
어느 하늘에 가서
한없이 울어주려나
서럽고 안타까운 백성이 사는 나라에 가서
언제쯤 한없이 울어주려나

가슴이 메말라 속이 타네
선한 백성이 사는 곳에
눈물이 메말라
울지 못한 그 심정을 달래주느라
한없이 눈물 대신 빗물로 울어줄 것인가

아 한민족이 사는 땅에
사계절은 변함없이
유유히 잘도 진행되어 가는데
우리네 가슴에는
꽃 피고 새 우는 계절
언제 오려는지 기약 없고 세월만 가네

세찬 차가운 계절
우리 가슴에서 떠날 기미 보이지 않으니
언제까지 이 고통 참아가며 살아야 하는지
천지 만물을 창조하신 하나님께

쓰라린 고통 속에 사는 한 민족 땅에
어느 때인가 새 삶의 거룩한 터전에
희망찬 새 열매 맺을 모종 줄 때가
다가오고 있다

그날이 오면
비구름 몰고 와서
단비 내려 주리라

한강

천만이 먹고 사는 한강 물
고맙고도 기특하다
강원도 산골짝마다 거루고 걸러
졸졸 흘러 모이고 모여

여기까지 와서 한강이 되었구나
우리 민족 삼 분의 일이 너 없으면
세상 살아갈 수 없는 생명의 근원
거룩하고 신비로운 너의 잠재력

겉보기에는
조용하고 아늑하게 보이지만
속에 흐르는 유속은
어느 누구도 감당할 수 없는
힘찬 위력 그 어떤 장애도 다 쓸어간다

아 서럽고 안타까운
이 민족의 애환들 말끔히 씻어 줄

너 같은 고귀한 지도자
한번 만나 보았으면
가슴마다 얽혀있는
이 민족 서럽고 안타까움

깨끗이 정리하고
사람답게 살 수 있는 금수강산
영원토록 터전이 되어줄 것을
오늘도 기도드린다.

허구에서 벗어나자

무거운 짐 짊어지고
고난의 행군
언제 마음 놓고
이마에 맺힌 구슬땀
닦아볼 날이 있을는지
죽을 각오로
밤, 낮 가리지 않고 일했지

요행인가 다행인가 가난의 서러움
씻을 서광 우리 가슴에
말없이 차오르는 순간마다
실의에 찬 용기 되살아나

함부로 죽어갈 수 없다는 나약함 접고
알찬 새 깃발 아래
세상에 자신 운명 비관하지 않고
아침 일찍 일터 나가
맡은 책임 완수하니

적막했던 우리 세상 하늘 문 열어
꿈에나 이루어질 막연한 것들
다 현실로 변해
삶의 형편 이 세상 어느 민족인들
부러워하지 않을 자 없건만
현실 나라 운명 불운에 쌓여

국제정세

어두운 세상을 밝은 세상으로
인도할 자 어디 없습니까?
무참히 인권을 유린하는 야만 국가
권력의 누수를 막기 위해

온갖 수법을 다 동원해
감시 체제를 겹겹이 쌓아
독재자의 위협적 비판을 철저히 막고
만에 하나라도 순응하지 않으면

무참히 인권을 유린하는
강제 수용소로 보내어
정신적 육체적 압박을 가하는
인간 저하 처우로
차마 죽지 못해 마지막 보류

선진국들은 이러한 비인간적 대우하는
독재 국가 지도자를 응징하기 위해

국제기구(UN)를 통해 노력하는 반면
불량 국가의 핵 문제 역시 체제 보전을 위한 방패 삼아

인류평화에 큰 위협적임을 어떻게 대처할 것인가
그로 인한 고민스러움 날로 심각해가는
오늘날 국제 사회 기류 앞으로 어떻게 전개될지
대화로 통하지 않을 때
강제 수단밖에 없으리라고 본다

2

남풍이 불어오면

하얀 눈

고요하고 적막한 세상
우리 님 곱게 단장하고
님 찾아오신다고
소식 전해 왔네

오시는 길 너무 지저분해
말끔히 청결해 놓았지
천지가 아늑하고 고요한 분위기
곧 무엇이 내릴 것 같구나

한밤 깊어 자고 아침에 일어나니
밤새도록 내린 눈으로
온 천지가 하얀 세상으로 변해
우리 님 오실 길도
다 하얀 눈으로 뒤덮여

고운 마음 갖고
찾아오는 우리 님

걸음걸음 자국마다
영상을 담아
고이고이 간직해 두었다가
우리 님 떠난 뒤
보고 싶을 때마다 담아둔 영상 펼쳐 보련다

낙엽

혹독한 겨울 이기고
따뜻한 새봄 맞이하며
어미 몸통 가지가 나의 새싹 틔웠지
훈풍에 내린 빗물 먹고 잘 자라

때로는 어미 몸통 보호막이 되어
쉴 새 없이 몰아치는 비바람도 막고
여름철 뜨거운 태양열도 막아가며
한없이 풍성하게 잘 자란 잎새들

한정된 운명 살이 어미 몸통 가지에서
떠나야 할 시기가 날로 가까워져
서늘한 늦가을 바람이 운명을 재촉하네
그렇게 활기찬 푸른 잎새들

기운이 빠져 가는 사이
노랗게 물들어가니
세상 사람들은

남의 사정 제대로 이해 못 한 채
색깔 좋고 경치 좋다고
손뼉만 치고 다니는구나
찬바람 휘몰아치는 늦가을
우수수지는 낙엽들만
서럽구나

고구마

이른 봄에
가랑비 맞아가며
고구마 새싹 넝쿨 잘라 심은 것들
여름내 수시로 내린 빗물 먹고

밤사이 사늘한 기온
낮 동안 따가운 햇살에 달군 몸체
식히며 공중에 수많은 별을 쳐다보고
사노라면
때로는 웃음 짓는 둥근 달도 보지

이래저래 계절은
벌써 가을이 왔네
귀뚜라미 지칠 줄 모르고 울어대는 순간들
땅속에는 알알이 잘 자라는 고구마
호미 들고 찾아드는
농부의 흐뭇한 미소

찬 서리 내리기 전에 모두 캐서
비어있는 곡간에 차곡차곡 쌓아
정든 이웃과 정겨운 담소를 나누며
겨우내 간식으로 먹고 살아야지

철새 기러기

사늘한 가을 하늘에
삼각 대열 지어
끝없는 넓은 하늘을
날아가는 기러기들

선도자가 혹시나 대열에서
이탈자가 없는지
서로 작은 울음소리로
주고받는 진지함

보잘것없는 작은 새들이
나침판도 없는데
어떻게 자기들이
원하는 세상을
그렇게도 차질 없이 잘도 찾아가는지

우리 사는 인간 세상
온갖 기술 다 개발해놓고도

진지한 평화로운 세상
제대로 정착 못한 현실
저 하늘에 날아가는 기러기들이
부럽구나

바닷새

살랑살랑 부는 바람에
찰랑찰랑 물결이 이네
푸른 널따란 만경창파
가도 가도 끝이 보이지 않은

저 멀리 지평선에도
생명체들이 살고 있는지
수많은 물새가 떼지어
소리소리 지르며

나는
보기 드문 장관을 이루고
하늘에서 사정없이
내리쬐는 태양열

별 여의치 않은 채
자기들이 원하는
고기 사냥에

온정성 집중하느라
결국 굶주린 배
넉넉히 채우는구나

뻐꾹새 울음

뻐꾹새 우는 마음 누가 알리
님 그리워 우는지
배고파 우는지
다가올 동절에

눈보라 휘몰아치는 고난
어떻게 견디어 낼지
그 속마음 제대로 알 수 없지만
구슬피 우는 마음

짐작은 할 수 있으련만
그 속을 들어가 보지 않은 이상
정확한 사연은 알 수 없지
그러나 세상 사는데
말 못 할 깊은 사연

있음은 거짓 아닌 사실이 있겠지
비록 세상 사는데 뻐꾹새만

고난의 슬픈 사연 있는 것만 아니지
우리가 사는 인간 생활에도
말 못 할 그런 사연 많지

청산

깊고 깊은 산골에
누가 살기에
아침저녁마다 밥 짓느라
굴뚝에 뽀얀 연기 내뿜는

작은 오두막집
구수한 누룽지 냄새 맡고
뭇 작은 산새들이
모여드는 앞마당

하도 귀엽고 짹짹 소리
매료되어
밥 푼 뒤 누룽지 긁어
몇 알씩 던져 주는 주인

짹짹 소리 더 높이 내며
고맙다고 머리방아 찧으며 정겨운 인사
네 가진 것 없으니

몇 알 누룽지를
나누며 세상살이 진정한 고마운 은혜

어디에서 누구에게 받아보리
깊은 산 계곡 졸졸 흐르는 물소리
장단 맞춰 뭇 작은 산새들
짹짹 지저귀는 노랫소리에
마냥 행복해 보이네

고향 봄

봄이 오니 내 마음에도
복숭아꽃 살구꽃이 피어나는 고향
아련한 봄기운에
뒤뜰 하천 둑에는

할미꽃 민들레 개나리꽃도 피어나고
겨울 동안 땅속에 깊이 잠자던
개구리도 나와
굶주린 배 채우느라
갑자기 어디 쉬고 있지 않나

두 눈 부릅뜨고 세상 살피네
만물이 생동할 초봄 기운 맞이하는
자연의 성스러움 고맙기도 하지
이 초봄의 거룩함은
누가 마련했을까

이 세상 땅에 뿌리 내려 사는 사물들

아늑한 봄기운에
잠시도 주춤거릴 겨를 없이
가지마다 열심히 싹 틔우고
수액 저장할 채비 준비하느라
정신없이 애쓰네

물총새의 운명

오색 휘황찬란한 물총새
늘어진 겨울 나뭇가지에 앉아
한없이 맑게 흐르는 냇가
물고기 사냥하느라
아래쪽만 내려다보고 있네

하늘 높이 나는 참매 독수리
어디 사냥감 없는지
지상 두루 살피고 있는 순간
아름다운 물총새 낚아채 가지 않을는지

서로 먹고 먹히는 세상살이
생존 경쟁심 지나칠 정도로구나
먹지 않으면 살 수 없고
살기 위해서는 잡아먹어야 하고

생명에 대한 애착심
고기를 주식으로 하는 물총새나

작은 포유류를 먹고 사는
참매 독수리나
다 이 세상에서 살아남기 위한
피할 수 없는 원칙이로구나

작은 새

산에 산에 우는 작은 새야
엄마 잃어 우느냐
아직 힘없어 날지 못해 우느냐
엄마 대신 내가 보살펴 줄 테니
울지 마라

넓은 숲속에
이름 모를 수많은 아름다운 산새들
이 가지 저 가지 옮겨가며
구슬옥같이 굴러가는 멜로디

그 어느 세상에서 들어볼 수 있으랴
수많은 꽃이 품어내는 향기
일평생 여기 아니고는
또 어디에서 선사 받을 수 있으랴

아 천년이 가고 만년이 가도
한번 정해놓은

이 성스러운 환경 장면
그 어디에서 감상해 볼 수 있으랴
철없이 우는 작은 새 울음소리 달래가며
한 세상 여기에서 살고 싶어라

백합꽃

외로움 섬에
화사하게 핀 백합꽃
세찬 비바람 거친 파도 소리
밤낮 조용할 날이 없구나

어떻게 해서 그곳에 태어나
그 좋은 화려한 자태 가지고
반겨주고 칭찬해줄 자 없이
쓸쓸한 나날 보내는 처절한 운명

너무나 애처롭고 안타깝구나
하루속히 그곳을 마감하고
너의 마지막 소원 있다면
한 톨의 씨앗이라도

태풍에 실어 보내든지
물 철새들이 쉬어가는 그 섬에서
배고픔에 먹이 되어

바닷가 풍치 좋은
우리 사는 동네 뒷산에 옮겨주면

새봄 맞이하여 움터 잘 자라나
화려한 그 자태 향기 세상에 퍼져나가
보는 이마다 감탄하고 여기저기 소문나
많은 사람 찾아드니
너의 진정한 가치 보람 안겨주지

허수아비 참새떼

이른 초봄에
농부가 밭에 나가
조 지정 수수 콩 씨앗 뿌려
여름내 땀 흘려가며 잡초 뽑고

알뜰히 보살펴 가꾼 덕택인지
충실한 열매 많이도 매달렸네
따가운 햇살에 싸늘한 가을바람까지
밤낮으로 쉴 새 없이 불어대는 사이

푸른 열매들이 넓은 밭에
장관을 이루는가 했더니
수많은 알곡이 노랗게 익어가는 장면
쳐다보고 또 보아도 흐뭇한 농부 마음

어느 날 밭에 나갔더니 수많은 참새 떼가
조 지정 밭에 난리가 났네 콩밭에는
여러 마리 꿩이 서성거리고

농부는 어떻게 해야만 정성 들어 가꿔놓은
알곡을 지킬 수 있을까
생각 끝에 허수아비를 만들어 밭에 여러 곳에 세웠다

그러나 참새 떼는 비웃듯이 더 극성을 부린다
참다못해 여러 곳에 세워둔 허수아비에 깡통을 달아
줄을 연결해 원두막에서 참새 떼가 날아들면
줄을 사정없이 당기니 깡통에서 나는 요란한 소리에
혼비백산으로 도망가는 참새떼

등대(1)

가자 가자 파도치는 바다로
하염없이 물보라 휘날리는
넓고 넓은 푸른 바다로
크고 작은 섬에
나부끼는 물결

천년만년 때 묻은 섬들을
말끔히 씻고 씻는 파도
곱게 단장된 섬으로 가보자
수없이 쌓인 마음에
부질없는 잔재

밀려드는 파도에 깨끗이 씻어버리러
가자 가자 섬으로 가보자
그곳은 티 없이 자연으로 이루어진 거룩함
보고 느낌으로 큰 가르침 받지

파도 소리 새소리에 온정신이 팔려

언제 낮이 다 지나고 밤이 오는지
쓸쓸한 밤 적막감 기댈 곳 없을까?
저 멀리 육지에서
반짝반짝 등댓불이

들국화

화창한 봄기운에
피지 못한 들국화
따가운 햇살 내리쪼이고
서늘한 바람마저 부는
가을날에 피어주려나

활기찬 생명력을 가진 들국화
사람들이 고대히 바라는 계절
여러 꽃과 동반자 되어 피어준다면
보는 이만 더욱 돋보이련만

수많은 꽃이 피는
화창한 봄 계절 피해
서늘한 계절 가을에 피어나려나
남달리 자기 모습 체질 크게 돋보임을
누가 무어라고 한들
자기 모습 깊이 간직함

한세상 살아가는데 자기 운명
제대로 펼쳐 보려는 특별한 소신
누가 말린다고 될 일 아니지
꽃마다 좋은 계절에 피어
세상에 자기 이상 챙기려는 마음
오직 들국화만은 계절에
구애받지 않은 특출난 존재

새봄이 오면

산에 산에 꽃이 피네
들에 들에 꽃이 피네
우리 부모님 산소에도
할미꽃 진달래꽃이 피네
꽃이 아름다워
뻐꾹새 찾아와
구슬픈 노래 불러주네
온 세상이 아늑한 분위기

새 삶 열어갈 절호의 계절
땅속 깊이 잠자던
개구리도 나와 기지개를 피며
멀리 뛰는 연습 하느라 바쁜 나날
향기로운 좋은 계절
보리밭 언덕 위 높이
울부짖는 종달새
새 삶 집 짓기 위해
애타게 짝을 부르네

사랑 열매

만물이 생동하는 새봄이 오면
씨앗을 심어야 할 좋은 절기
그나마 바람 불고 장대비가 오고 좋은 날 잡느라
머뭇거리는 사이 이날저날 다 가네

이제 더 지체할 수 없어
결단해 심어놓고 보자
잘 자라고 못 자라고
심는 자의 정성 어린 관심사

어느 정도인가 따라서
심은 씨앗 자라나는 건강을 알 수 있으련만
공든 탑이 무너질 수 있으랴

모든 문제를 자연에만 맡겨 둘 수 없고
심은 자의 정성 어린 보살핌도 한몫하지!
봄이 지나고 여름 동안 잘 자란 가지마다 달린 열매
가을날 따가운 햇살에 잘도 익어가네

사투

겨울 세찬 눈보라에
세상 만물들은
죽음의 사경에서
숨결마저 가냘프구나

언제 정상을 되찾을 수 있을는지
남은 활력 최선을 다해
오늘도 숨 막히는
찬 기류와 대결하는 순간마다
죽어가는 숨결 불씨 살리느라

사력을 다하다 보면
제한된 한 계절이
화려한 온 세상 장면을
쑥대밭을 만들어 놓고 가지

새봄이 오면
인정사정없었던 세찬 냉기류

남쪽에서 밀려오는
따뜻하고 온화한 봄기운에
항복 소리도 못 한 체
흔적도 없이 사라지네

남풍이 불어오면

온 세상이 북풍이 점령해
차가운 눈보라 그칠 날 없어
모든 사물은 숨죽여가며
남풍이 불어올 때만 기다리네
그렇게도 뜨거운 열을 가진 태양도
차가운 동절에는 맥을 못 치는가 보다
구름과 바람을 몰아내고
사력을 다해 강한 열을 품어대지만
차가운 동절 얼음과 눈물 쉽사리
녹여 내지 못하는 슬픈 자태
세상 사물들은 못마땅해
한없는 미운 감정 폭발 직전
그러나 완전히 외면할 수 없는
태양의 거룩함 때로는 동절이 가고 나면
따뜻한 남풍을 맞이해 세상 사물들은
겨울 동안 온갖 서러움 다 접고
새 삶 싹 틔우며 태양만 바라보네

천지 문

세상살이 세찬 눈보라에
굳게 닫힌 문 언제쯤 열릴 것인지
기약 없이 나날 지나가니
서럽고 안타까움 이루 말할 수 없구나

자연은 말없이 새봄을 맞이해
온화하고 따스함
만물이 소생함에 활력을 불어넣어 주고
우리가 사는 서민 인생에는
왜 이렇게 안타깝게 침울한 자 많은가

다시 한번 뒤돌아본다면
우리가 무엇을 잘못했음을 알지
때늦은 감 있지만 다시 마음 바로잡고
세상 문 열 바른 지도자
선정할 기회가 있을지라
그때 가서 다시 오류 범하지 않는다는
자신을 다지고 바른 결심 결과 기대해보자

꽃

그렇게 무참히 짓밟아 버린
겨울은 다 가고
따스한 봄바람 훈풍에
사경에 헤매던 아름다운 사물들이
새싹 움 틔우기 위해 정성을 다하네

우리도 널따란 앞마당 텃밭에
여러 아름다운 꽃씨를 심어야만
화려한 꽃들을 볼 수 있지
겨우내 다져진 땅을 일구니
작년에 피었던
꽃 뿌리에 벌써 꽃을 피울 새싹들이
하얗게 돋아나는 신기로움
혹시나 다치지 않을까 조심스럽게
잘 자라나라고 흙을 부드럽게 하네

멀지 않아
여름내 여러 화사한 꽃이 피어나면

겨우내 굳은 마음도 꽃을 보는 순간마다
부드러움으로 변해 꽃이 좋아 찾아드는
벌 나비와 감상하며

폭포

수천만 년 깊은 계곡을 통해
낭떠러지로 떨어지는 물보라
누가 이렇게 시킨 자도 없을 터인데
자연으로 이루어진 형태

폭포수가 떨어지는 밑바닥에
강한 돌바위가 푹 패인 면을 본다면
신기하고 감탄스러움 멈춰지지 않네
물의 장기적 위력 간단한 문제 아니지

우리가 세상사는 처세도
폭포수처럼 한 목표를 정했다면
눈 비바람 숱한 우여곡절 애환이 있더라도
참고 나갈 수 있다면
목적을 이룰 수 있으련만

한순간 작은 고통도 참지 못해
수시로 운명 길 의심 재설정 변덕스러움

어디에서 누구에게 가르침 받으려 하지 말고
깊은 산 계곡에 가서
폭포수로 보고 느끼며

해바라기꽃

긴 밤 지새는 동안
고개 숙인 해바라기꽃
아침 해가 뜨기 전에
숨 고르고 단장해서

해가 동산에 치솟아 오르면
맥없이 늘어진
자세 바로잡고
둥근 꽃 언저리마다
매달린 찬 이슬 털고

해를 바라보며
웃음 짓는 모습
참 거룩도 하지
일생을 다 할 때까지

날마다 낮 동안 해를 못 잊어
해가 진행하는 과정

잠시도 놓칠 수 없어
죽기 살기로 해를 따라
미소 짓고 사는 모습
이 정다움 어느 누가 말릴 수 있으랴

산촌 봄

산에 산에 꽃이 피네
들에 들에 꽃이 피네
남쪽에서 불어오는
따뜻한 봄바람에

산에는 고사리 더덕 도라지
들에는 미나리 쑥 민들레
하루가 다르게
꽃피고 자라나네
자연의 싱그러움 환상의 계절

산촌에 사는
고운 마음 가진 아가씨들
머리에 꽃댕기 매고
뽀얀 얼굴 햇살 가리기 위해
온 색깔 수건 머리에 덮어쓰고

하루해가 다 가기 전에
넓은 앞치마 큰 주머니에도
들고 간 꽃바구니에도
산나물 가득 채워
미소 짓는 그 얼굴들
참 아름다워라

봄기운 산새

산골짜기 자욱한 물안개
햇살 받으니 흔적 없이 자취 감추고
시원한 바람 불어오니
착잡한 마음 소리 없이 걷어주네

밤새 웅크리고 잠자던 산새들
날개 알알이 맺은 이슬 털고
먹이 사냥 일과가 시작되는
순간마다 자기보다
먼저 일어난 이웃 없는지

아무리 넓은 산이라지만
먹이도 부지런하지 않으면
쉽게 굶주린 배 채우기가 어렵지!
잡다한 생각 다 잊고
먹이 사냥에 주력하네

자연과 더불어 사는 산새들
열심히 먹이 사냥 마치면
천생연분 구슬옥 같은 멜로디로
이 나무 저 나뭇가지에 날며
마음껏 선사하며 사네

삼라만상

온천지 산마다 쌓인 눈도
계곡마다 두껍게 언 얼음도
다 저세상으로 가버리고
여기저기 봄기운에 새싹들이 솟아나고

고마운 태양열은 고루 발산되어
그늘진 바위틈에도 쌓인 낙엽을 뚫고
새 생명이 움터 솟아오르는 참스러움
어느 세상에 가서 또 감상할 수 있으랴

이 세상 살기 어렵다고들
못마땅히 느낄 줄 모르지만
앞으로 그 어느 세상 가더라도
만물이 생동하는 싱그러운 모습

또 볼 수 있으랴
이 세상에서 잘 지내고 못 지내고
웃음 짓고 원망하고 탓하며

살려고 하지 마라
이 모두 우리 가슴에 품고 사는
우여곡절 삼라만상이로다

열풍아 불어라

그렇게 몰아치던 북풍
그 기력과 수명도 다했는지
오늘은 따뜻한 남풍이 불어오네
싸늘한 우리 가슴을
따뜻하게 덥히는구나

겨우내 온천지에 사정없이 불어대던
북풍 차가운 칼바람 악마가
지상 모든 생명체의 겉옷마저 다 빼앗기고
죽음의 사선에서 숨죽여 살았지

이제 남풍을 맞이해
새 생명이 움터 나오는 새싹들
다시는 꺾이지 않는다는 자연과 약속
날마다 자라나는 그 위세 거룩도 하지
이 세상에서만 볼 수 있는
계절에 대한 현명함

그 어떤 세력도 가로막을 자 없지
자연의 정직한 기류 누가 무슨 소리를 해도
자기 할 일 자기 갈 길 잘도만 가네
역경에 시달리는 우리 가슴에는
자연의 훈풍으로 면할 길 있었으면

평화의 소원

고난의 세월 어서 지나가고
훈훈한 시절 빨리 왔으면
사람들마다
가슴에 맺힌 소원
평화

어느 때 어느 시절에
이루어지려나
현실에 무거운 마음을
짊어지고 있는 것들
언제쯤 해소될 기회는
영원히 없으려나

앞으로 희망보다
절망스러운 시절이 지속된다면
세상 삶 가치 의욕마저
서서히 사라지리라

이런 절망 시절을
누가 갖다준 것 아니지
우리 스스로 태만과 이기주의로 고집했기에
오늘이라도
자신의 마음에 꽉 찬 요구 낮추고
모범적인 애국심 보일 때
평화의 길은
서서히 다가오리라

의사의 청진기 판사의 청진기

고도화 문화가 발전해 가는 인간 세상
수많은 의료장비가 발전 현대화되어 있지만
의사들은 청진기를 버릴 수 없는
동고동락 운명의 길이 아닐 수 없는가 봐

병원에 온 환자들의 상태를 가늠하는 청진기
의사들은 목에 건 청진기로 환자 등에 대고
들려오는 소리 감각으로
환자의 소견을 들은 뒤 처방전을 결정하는 용단
수많은 의사 중에
어느 누가 더 현명한 처방 결정을 내느냐 따라
명의가 결정되지

판사의 청진기 육법전서

고도화된 문명사회라 하지만
수많은 범죄 사건 늘어만 나고
법전에 정해놓은 법 조항을 통해

범죄자들의 형벌 여부 정도를 판별하는
판사의 청진기 육법전서

세상 어느 법인들 법은
가장 현명하고 정의스러워야 한다
때로는 법을 제정하는 다수 입법원이
만인의 공정스러움 보라
자기들의 단체 집권에 유리하게끔
육법을 제정하는 데 문제가 있지
아주 고차원적이고 양심적인 판사들이
육법 청진기로 판결하기에 너무 고육지책이지

정의스럽지 못한 법전을 통해 판결하다 보면
만인은 그 판결을 인정하지 않을 뿐
심하면 사회적 혼란을 가져올 빌미가 될 수 있지
한 시대 잘못된 지도적 사고력 때문에
사회가 통째로 무너질 슬픈 일이 생긴다

태양의 거룩함

저 멀리 햇살은
지구상의 생명체들
평화롭게 잘들 사시라고
한없이 골고루 발산해 주는
그 고마움

어두움과 추위를 몰아내어 주건만
심술궂은 못난 얼굴들
태양에 부끄러운 줄 모르고
세상 삶 터전 독차지하려는 야망

하나님인들
어찌 두고만 볼 수 있으랴

세상 만물들은
자연의 순리 따라
행하는 도리 죽을 때까지
어느 누구에게도

원성 비난받지 않으리
자연의 흐름은 말은 없지만

그 진행 과정 잘 읽는 자는
거친 야망 행동 함부로 발산하지 않으리
만 세상은 조용하고
평온을 이루게 될 것이며
만인 어느 누구도 억울함도 없을 것이고
지도자의 바른 자세
영원히 빛나리

기회는 다시 없다

수많은 세월 동안
서민들의 정상을 뒤흔들어
엉망진창이 된 서민 생활 터전
어느 누가 지도력을 발휘해 잘못된 이 억울함
바로 잡아 세워줄 수 있을는지

참담하고 어수선한 이 난국
바로 잡을 새 집단 관심을 두고
서민들이 총력으로 밀어줄 기회가 왔네
세력에 역부족함에 좌절 나약 말고

신속히 재정비 단결에 사력을 다해
바른 민주 나라 살림살이 주축을 세워
삶에 지친 서민들의 마음을 달래줄
만반의 대책 수립에 전력을 다해 주시기를

이제 애국시민 젊은 세대들은
달콤한 몇 푼 공급 선심에

마음 팔지 않고
제대로 된 바른길 깨달음 알았네
국민의 운명이 걸린
나라 안보 문제도 심각한 위기 촉발
외교 문제 대해서도 국민 자존심이 걸린 문제가
실추되어 가슴 아프구나

광야의 빛

빼앗긴 광야에도
어두움을 헤치고
빛은 발산될 것인가
오장육부 가진 서민들 눈물겨운 나날
어느 누가 시원한 청수 가져와
말 못 할 서러움에 가득 찬 심정 달래주려나

두 눈 입이 있지만
상식 밖 일들이 너무 난무하니
하도 기가 차 말을 못 하겠네
우리가 이런 꼴을 보고 참고 사는 것도
어느 한계선이지
더 견딜 수 없는 악을 조성한 자들
악으로 앙갚음을 더 심하게 징벌하는 세월
젊은 서민들의 희망 꿈도 다 접어야 하나
수많은 어두움 세월 속에 빛을 기원한
이 안타까움 면해 달라고 정성을 다해
날마다 기도하는 자에게

기상 나팔 소리

꿈을 먹고 사는 우리 젊은 세대들이여
대륙에서 부는 거친 기류
태평양 아메리카 거센 물결이 일어나고
우리는 마냥 나약한 닻줄에 매달리고만 있을 것인가
기상 나팔 소리여
더 힘차게 더 넓게 크게 퍼져나가라
오늘의 이 다급함 제대로 알지 못한다면
우리 젊은 세대들 내일의 원대하고 영원한 꿈
힘 한번 제대로 써 보지 못한 채
소리 없이 사라지고 말리라

한마음 한뜻으로 맺은 혈맥의 동지
사건이 터졌을 때 떼죽음도 같이했지
인제 와서 과거 은혜 팽개치고
자신의 소리 높이 외친다면
다져나가야 할 우리 꿈 금이 가고 위기 맞지
이런 처절함 맞기 전 기상 나팔 소리에
더 높이 멀리 퍼져나가라

3

아름다운
인연

상처

가냘픈 운명에 언제 좋은 신수 차려지나
어려움에 처해 슬픔이 있더라도
낙심 낙망으로 소일할 것 아니라
한 번 더 자신의 처신을 깊이 생각해보자

무엇이 마음을 슬프게 하는지
원인을 알아야만 마음의 상처를 치유할 처방을 얻는다
이 세상에 어느 사람인들 마음의 상처 없는 자 없으리

사람마다 자기 상처가 더 깊어지지 않도록
온 정성 다해보지만 쉽사리 고쳐지지 않는 마음의 병
이 모든 것들이 선에서 멀어진 데서 온다
하루속히 격에 없는 욕망을 자제하고
선한 마음으로 바르게 세상을 살아야 하리

마음을 고쳐먹는다면 지금까지 불편한 마음이
자신도 모르는 사이
조금씩 인간의 본심으로 돌아오는 길이 열린다

따뜻하고 온화한 자기 인생관을 재정립하여
세상을 산다면
모든 사람이 환영하리라

우리 님

오시는 길 험해
길목마다 가시넝쿨 얽혀
고운 신발 흠이라도 날까
밤낮 가리지 않고
횃불 들고 가서
불 질러 태워 버리라

좋은 길 오신다면
저 먼 산마루에 피어나는
오색 무지개 걷어다가 깔아드리라
오시는 님 마음 편히 와주시기를
오늘도 기다려집니다

언제 오실는지 속마음 태우는 나날들
마음 거리낌 없이 편히 와주시기를
이 정성 다해 기다려집니다
오는 님 즐거움으로 맞이해
더 깊은 사랑으로 엮어 주리라

절망에서 소생

어두운 적막에서 포위되어
희망과 꿈이 사라진 처절한 곳에서
하늘에서 비추어준 햇살을 받아
다져진 땅속에서 솟아나는 새싹들
마음껏 호흡할 수 있는 자유를 얻어
각자 자라고 싶은 기질들을 발휘하여
하나님이 주어진 생명의 근원
그 어디에도 제약받지 않으니 마냥 즐겁다

각자 기량을 펼치니
수많은 생명체가 서로 반겨주고
서로가 가진 운명을 존중하므로
모두에게 사랑스럽게만 느껴지네
세상 만물들이 각자 타고난 자질을 가지고
오늘도 열심히 살아가는 참모습이
마냥 신기롭구나
서로의 삶이 진지하니 뜻깊은 보람을 찾아가네

정류장

많은 사람이 오가는 곳
시대의 조류가 민감하다 보니
누구할 것 없이
민첩하게 대처하지 않으면
애타게 기다리는 소망
더 멀어져간다

어느 누구는
이 세상에 잘나서
아름답게 인생을 살고
어느 누구는
이 세상에 못나서
고달픈 인생을 살아야 하나

다 같이
이 세상 올 때 빈손으로 왔지
어느 누구
좋은 인생 가지고 온 자 없다면

누가 잘 낫고 못 낫고
시비하지 말아야지
각자 자기 인생
열심히 다독거리며 살았으면

오늘도 급박히 돌아가는
세상에 각자 자기 인생을
더욱 아름답게 장식하기 위하여
정류장에 모여드는 마음의 기대감
부푼 가슴 안고
대중교통에 몸을 싣고
정류장을 떠나네

계절의 가르침

사랑도 계절 따라 울고 우는가
차가운 동절에 움츠렸던 마음
꽃피고 새우는 따뜻한 봄
요동치는 정열에 마음 설레고

지난 세월 마음 근처도 못 오게 했던
사랑의 메아리
자신도 알지 못한 채 경계심 다 풀어
자연이 흐르는 따스한 기운 따라
주저 없이
여인의 마음에 다가가면

향기로운 그대 마음
거절 없이 받아주네
누구에게도 가르침 받은 바 없지만
세월이 흐르는 사이
호기심 젖어 들던 마음
현실로 다가가 그 참뜻을 알고 싶었지

서로가 이성적으로

고독과 외로움 풀어보았으면

참사랑이란 무엇인가

스스로에게 수없이 물어보았지만

즉답 얻지 못하고

세월만 흐르고

성숙한 인생에 접하니

여인의 참사랑 깨달아지네

사랑의 꿈

사랑하기 위해
이 세상에 태어났을까
아무도 인도해 주는 자 없지만
사랑은 가슴에 움터 자라나고
세상 만물의 생태기를 알 즈음

한발 두발 걸어 나가면
어디에서 밀려오는가
가슴마다 사랑이란
알 수 없는 꿈이 마음을 뒤흔든다
언젠가 한 번은 시도해 보아야 할 운명

아름다운 사랑의 열매 맺어질 때
새 인생길 개척하며 살다 보면
아름다운 자식이 태어나고 두 마음 합쳐
하나님께 탈 없이 잘 자라게 해달라고

기도하며 살아가는 생활 터전에

향기로운 꽃들이
아내와 내 가슴에 곱게 피어난다
비가 오고 눈이 와도 두려워하지 말고
해가 지고 어두움이 몰려와도
함께 기대며 살아간다

아름다운 인연

아침에 서늘한 기온 물러나고
동쪽에 해 뜨면
자욱한 안개 서서히 사라지면서
풀잎에 알알이 맺힌 이슬방울도
나 몰래 자취 감추는구나

알지 못한 남남들
우연히 인연되어
가끔 만나게 되니
정다운 인사 반갑고 고맙구나
세상 사는 멋
이로 인해 감지되나 봐

사람으로
세상에 태어나 할 일도 많지만
정다운 사람끼리 만나 우정을 다지고
거리낌 없이 마음 주고받는다면
삶에 대한 진정한 진미 알게 되지

아무리 좋은 보배 가지고 있다 해도
서로에게 알려주지 않는다면
그 진미 알 길 없고
진정한 흥미 못 느끼지
누가 더 좋음 말하기 이전
서로 진지한 우정 맺을 수 있기를

천리마

가자 저 산 넘어 푸른 벌판으로
가슴에 꽉 찬 체증도
뒤에서 성급히 밀어주는 바람 타고
천리마처럼 끝없이 달려만 간다

냇가에 흐르는 개울 물
어디에서 시작되었는지
알 수 없지만
한 줄기 두 줄기 합쳐져
큰 물줄기 되어
어디로 가는지
끝이 안 보이네

깊은 강 속에
크고 작은 고기들이 자유롭게
헤엄쳐 사는 모습
참 즐겁고 평화롭구나
우리 사는 인간 세상

왜 이렇게 바쁘게 설치나
노력하고 애쓰는 모습
돋보이기는 하지만

저 강물 속에 사는 고기들은
그렇게 애쓰지 않아도
헤엄쳐 사는 모습이
마냥 즐겁고 평화롭구나

우리 사는 인간 세상
그렇게 바쁘게 날뛰고 애써도
평화로운 세상
제대로 이루어내지 못하니
안타깝구나

도시 생활

큰 거리마다 세워져 나가는 고층빌딩
누가 무엇을 하며 세상 사는지 알 길 없지만
큰 길이고 작은 길이고
꽉 찬 자동차 행렬
먼저 가고 늦게 가고
욕심내지 말아야 할 거리

자칫 조금 앞서가려다
사고원인 유발
욕심내지 않고 순서대로 운행한다면
사고 불행 잠재우고
마음 편히 지나갈 수 있지
자기 마음 제대로 진정시키지 못한 자
사고원인 제공자

복잡하고 바쁜 나날 지내다 보면
사람으로 사는 기분보다
기계처럼 사는 맛 깃들고

자연으로 사는 맛 멀어지고
사람으로 사는 진정한 정서
제대로 길들이지 못하면
마냥 멀어져 가는
얄궂은 형국이 가슴을 짓누른다

복잡한 도시 문화생활 외면할 수 없고
사람으로 살아야 할 진정한 인생관을
제대로 한번 깨달음 갖지 못한 원인
자연과 더불어 깊은 감상 제대로 못 느낌에서

고도화 도시문화 생활에 젖어 들다 보니
진정으로 사람으로 사는 인생관을
자연의 순리에서 배워
깨달음 가져야 하는데
그 공부가 부족함 절실히 느낄 수 있는 반면
현실은 기계 문화생활에
더 앞서 있지 않을까

동심

어릴 때 정다웠던 동네 친구들
자치기 구슬치기 땅따먹기
반칙 없이 자기 기량 다하던 시절
순수한 경주로 인한
티 없었던 승부들

지면 깨끗이 떼쓰지 않고 승복하는 마음
이겨도 지나치게 의기양양 위세 부리지 않고
다음에 다시 재도전해
승부 겨루어보자
큰 좌절감 없이
가벼운 마음으로 헤어지고

동네 앞 백사장 푸른 바다
여름철 따가운 햇살에 견디지 못해
다 같이 바다에 뛰어들어 물장구치던 나날들
한없이 즐거웠던 그 시절

거친 파도가 백사장을 밀려 덮쳐도
겁 없이 친구들과 상금 없는 내기를 한다
꽤 먼 앞바다 섬까지 누가 먼저 갔다 오기를
다 같이 수백 미터가 되는 섬까지
헤엄쳐 갔다 오던 시절

티 없이 순진했던 그때 동심의 추억
세월 가고 바쁜 인생 사노라
옛 시절 뒤돌아볼 여유 없었다
지금은 활기찬 기력도 다 저물어 들고
생각하면
그때 그 시절 마냥 즐겁기만 하다

정다운 친구

꽃바람 실바람 불어올 때가 언제런가
가슴에 가득 찬 슬픔
누가 가지고 가려나
때마침 어릴 때 정다웠던
어깨동무 위로해주네

인생이 사는 곳
눈비 바람 불어오기 마련
잘 지내고 못 지내는 것 남 탓 말고
고단하고 서러워도
한 고개 넘고 봐야지
한번 삐끗했다가는
천길만길 낭떠러지

어려우면 어려울수록
마음을 닫지 말고
서로 정다운 대화로 세상 산다면
조금 어긋난 일 있어도

피하지 않고
좋은 방향 찾아갈 길
인도해 주지

인생을 살다 보면
언제 어느 때 위기에 직면할 때
평소에 악의 없었던 정다운 친구
어려운 소식 듣는다면
단숨에 달려와
도울 채비 제대로
준비해 오리라

부푼 꿈

항구마다 오대양 육대주
우리 꿈 희망 상품 실어 나를
큰 상선들 들어온다고 나간다고 쌍 고동 소리

오늘 이 항구 떠나는 배 언제 다시 오려나
한 달 두 달 먼 여정 끝에
싣고 간 짐 이 항구 저 항구 내려주고
언제 다시 온다는 기약은 없지만 기다려 주려나

오늘 찾아 들어오는 배
무슨 기쁜 소식 전하려고 쌍 고동 소리 그렇게도 울리나
긴 여정 이 항구에서 긴장 풀고 다시 떠날 채비 점검하노라면
고운 님 만나 사랑 베풀어줄 여유마저 아섭네

항구마다 바쁜 나날
오늘 들어오는 사람 기쁘게 맞이하고
떠나는 사람 잘 가소 잘 있소 정다운 인사

인생길

그리움에 사무친 어린 그때 그 시절
아무런 이해관계
셈할 줄 모르던 그 시절
오직 우정에 정다움만
쌓여가던 나날들

세월 가는 사이
몸도 마음도 성장하는 과정에
자립이란
무거운 책임감 짊어지고
세상 인생길 가야 할
소임에 대한 과업

성스럽게 이루어 낼 것인가 말 것인가
마음자세 흔들림 없이 가야 할 청춘 시절
조금만 나약하면 소원 성취
흔적도 없이
사라지리라

기다리는 마음

찾아갈 길 아득해서
산 위에 올라 소리치면
산 넘어 아름답게 사는 우리 님 그리워
산울림 퍼져나가 소식 감지했으면
외롭고 님 그리움
다시 생각나 기다려진다

한밤중에 꿈에 깬 사람처럼 일어나
방 천장 이리저리 살피며
그리운 님 언제 오시려나
기다려지는 마음
온다는 소식편지 없었지만
마음의 직감으로 설렌다

아침 일찍 일어나 몸단장하고
혹시나 오시려나
옛 추억 다시 한번
마음속으로 정리하는 순간들

인연 맺는 것
그렇게 쉽지 않을 터인데
보고 싶은 마음
이날 따라 더 생각나는 그대

피다가 못다 핀 들국화처럼
모진 쓰라린 가슴 안고
지금까지 참고 또 참으며 살아왔는데
오늘에야
비로소 반가운 미소로 맞아주려나

마음의 온정

오늘도 하루 일과
어떻게 잘 보낼 수 있을까
마음의 착잡함 훈훈하게 풀 수 있었으면
생각다 못해 공원으로 나가 본다
그렇게 활기찬 수많은 수목의 잎사귀가
생을 마감하고

여기저기 힘없이 바람에 날려
땅에 떨어져 구르는 모습
그들은 어디에서 와서 어디로 가는가
찬란했던 영화도 처절한 죽음의 운명도
자연의 신비함을
그 어느 누구인들 거절할 수 있을까

지금을 살고 있는 우리에게도
좋은 시절 궂은 시절
다 자연의 이치와 같이
있을 수 있는 문제 아닌가

그 와중에
괴로움을 극복하는 지혜 잘 발휘하여
고통의 늪에서 벗어날 기회를 얻는다

만 가지 다 자연의 순응에 따르지 않을 수 없다지만
한순간만이라도
고통의 비운에서 벗어나 사는
우리의 참스러운 현명한 삶의 도리
가지 못할 길은
속히 단념함이 삶에 대한 미덕

놀이터

아치문을 둘러싼 덩굴장미
밤새도록 이슬 먹고 아침 햇살 받아
송이송이 붉게 단장한 그 싱그러움
가슴 속 피어나듯 아름다움 느껴진다

집에 갇혀 답답한 마음 달래기 위해
시원한 바깥 공기
마음속 구석구석 순환된다
어린 손자와 손잡고 놀이터 나오자마자
할아버지 나무 그늘 긴 의자에 앉으시고

아이는 쇠줄 달린 그네로 달려가
앉자마자 두 줄을 잡고
몸을 앞뒤로 작동
그네는 탄력을 받아 멀리멀리
마음과 몸이 일사불란하게 움직이니
웃음꽃이 절로 난다

고층 아파트 집집마다
창 열고 무심히 바라보던 아이들
놀이터 곧 갈 터이니
같이 놀자고 소리친다
순식간에 여러 아이가 모여들어
밀어주고 당겨주고

고층 아파트 중간에 설치된 놀이터
아이들이 서로 정답게 만나 노는 순간들
세월도 이들을 자라나게 하고
여기저기 심어놓은
꽃의 향기 흩날린다

천생연분

하늘에서 내려준 인연 맺고
고난의 세월 살아가는데
하는 일마다 손발 잘 맞아
막힘없이 잘 이루어지면

마음의 기쁨 샘솟는다
세월 갈수록
사랑은 더 깊어 가고
산적했던 고통 고민도
봄눈 녹듯
서서히 마음에서 사라지고

한마음으로
고난의 세월 헤쳐나가는데
큰 부담 면하고 나니
지옥에서 해방된 기분
두 마음 한마음으로 묶어
세상 살게 되니

태산 같은 두려움도
흔적 없이 사라진다

혼자 살면서
제아무리 큰소리쳐보지만
동반자 없는 삶이란
많은 허점 있기 마련
행복이 따로 있나
서로 돕는 배필 만나
한마음으로 사는 것이 행복

종소리

어린 시절에
집에서 멀리 떨어진
성당에서
이른 새벽
아련히 들려오는 종소리

오늘 삶의 진실을
일깨워주는 거룩함
소리로써 마음 깊숙이
전파해 주시는구나

밝은 날이나 사나운 비바람이 부나
정확한 새벽 그 시간에
매일 은은히 들려주던
성당의 종소리

가슴에 저주받을
수많은 잡다한 생각들

들려오는 종소리
사라짐과 함께
깨끗이 지워지고
새 인생길 여는데
전력을 다해보던
어린 그 시절이 그립구나

마음의 진리

세상에 수많은 마음이
아름다운 세상을 찾아가느라
쉴 새 없이 곡예를 타는 모습
무엇이 진정된 거룩함인지

생각 다 지우고 또 지우고
새로 시작하는 모습
바르고 정상이 아닐 때
원점으로 되돌아서는 마음

생각하며 살아가는
우리들의 세상살이
그 어느 면이
진정한 도리인가
수없이 정정하고 고쳐보지만

마음속 생각하는 참스러움
좀처럼 쉽게 정착되지 않는

이 미완성을
어떻게 바로 완성시킬 수 있을는지
그렇지만
고치고 고치다 보면
진정 진리는 얻어지리라

대형 화물선

오대양 육대주
수십만 톤 화물 싣고
거친 푸른 바다
쉴새 없이 나르는 대형 화물선

오늘은 이 항구에서
내일은 저 항구로
마도로스 향기로운 이국 향수
파이프 담배 연기로 전합니다

정이 들자마자
떠나가는 마도로스
언제 다시 오시려나
애끓는 사랑만
속삭이러 오시지 말고
정다운 우정을 쌓을
진미도 첨가해 왔으면

번개 같은 세상살이 모든 것이
대형으로 빨리 전해주고 받는
숨 가쁜 세상살이
조금만 주춤거리다가는
만 가지가 지체되어
어려움에 시달린다

난

화사한 자태로 태어난
검붉은 난
아내의 두 무릎 수술로 인해
며칠 병원 신세를 지다가

집으로 귀환한
소식을 들은 아내의 친구들이
속히 정상 회복 쾌유를 빌며
정성을 다해

하나도 아닌
몇 개씩 보내준 화분 난
고맙고 감사함 이루 말할 수 없다
넓은 거실
여기저기 배치해 두고 보니
그 화려함과 빛깔, 향기

이 세상 두 번 다시 태어나도

애틋한 정성으로 보내준 화분 난

그 고마운 은혜

선물 또 맞이할 수 있을는지

친구 간에 정답게 세상 사는

참모습 고맙기도 하다

계절의 운명

자연의 변천으로 인해
어느 계절에는 기쁨도 주고
그 어느 계절에는
슬픔도 주는구나
잘 지내고 못 지내고

탓하지 말고
바꿔가며 선사하는
자연의 계절
잘 분별함을

기억해 두었다가
미리미리 대처함이
지혜롭고 현명한 삶이 아닐까?
현명하고 슬기로우면서

미리미리 대처하지 못한다면
아름다운 삶의 길

영원히 놓쳐버린 후
애석하게 생각한들
무슨 소용 있으랴

조각배 인생

흐르는 강 물결 위에
조각배 마음 싣고
떠밀려 가보련다
강 주변 상황 경치 장면

마음에 흡족한 면도 있고
그 어떤 면은 마음에
거슬린 면도 있지
그렇다고 좋은 면만 마음 담고
나쁜 면은 거부한다면

마음의 정서상
상당히 오류를 범하지
현실 표면에 나타난
그 모두를 담아 놓고

앞으로 세상 살아가는데
우여곡절 수난에

고통의 멍에를 피해 갈 수 있는
예감을 정확히 파악하는데
좋은 지침을 얻으리

베푸는 마음

세상 사람들은
베푸는 마음 인색하고
도움받고자 하는 마음 많으니
바른 이성 가진 사람은 그렇지 말아야 할진대

가난하고 어려운 처지에 있는 사람들을
불쌍히 여기는 진정한 감정 도리
어디에다 다 팽개치고
그릇된 물질 야망에만 감정을 치우치는지

마음을 바로 세우지 못한 불찰 때문
진정한 이성 대변하지 못하면
오늘날 우리 인생 너무나 슬프구나
언제쯤 치우친 물욕을 잠재우고

바른 인생 감정 제대로 실천할 날 올지
진정으로 베푸는 감정
재물 형편 많고 적고 개의치 않지

오직 많으면 많은 대로
적으면 적은 대로
베푸는 그 정성이야말로
진정한 사람 도리지

도리의 길

사람으로 세상 살아가려면
수많은 규제가 있지
그 어느 하나라도
성실히 임하지 않는다면
엄한 제재 수단을 면할 길이 없지

세상 마음 편히 살아가려면
모든 야망 다 잊고 자연과 더불어
민가가 없는
깊은 산이나 무인도에 가서 살면
공동 사회 규범에 걸려들 일은 없으련만

사람으로 세상에 태어나 그렇게 살 수 없고
미우나 고우나 서로 인연을 맺고
만나면 정답게 인사도 하고
대화도 하면서 사는 것이
사람으로서 세상사는 품격이요 진리가 아닌가

이러한 과정을 겪지 않는다면
사람으로서 진정한 삶에 대한
본능적 가치를 못 느껴보지
이 와중에 사회규범을 떠나
예의와 도리가 잘 진행된다면
우리 인생에는
보이지 않은 즐거움에
만족할 수 있으리라

추억의 그림자

아버지는 순수한 어부
어머니는 아버지의 지극한 내조자

새벽 일찍 닭 울기 전
동반자 뱃사람들과 바다로 나갈 채비를 차려
비가 오나 눈이 오나 바다의 상황
그렇게 거칠지 않으면
빠짐없이 바다로 고기잡이 가지
오늘은 어제보다 나은 실적 기대하며

운명의 하루를 용왕님께 빌고
열심히 낚싯줄 넓은 푸른 바다에 깐다
수천 개의 낚싯바늘이 달린 줄
수십 킬로
다 깔게 되면 조금 기다렸다가

처음 시작한 그곳으로 가 표적을 찾아
낚싯줄을 당기기 시작하면 물고기들이

낚시에 달린 먹이를 먹다가 걸려
줄줄이 달려오는 짜릿하고 흐뭇한 기분

만선으로 돌아오시는
아버지와 뱃사람들의 좋은 기분
마중 나간 가족들은 물론
어머님은 더 기뻐했지

살아생전 부모님의 따뜻한 보살핌
넉넉하지 못했지만
부모님의 알뜰한 노력 보고 느낀바
큰 은덕으로 느껴지네

인생 항로

지난 한 해는 수많은 우여곡절
질병에 쓰러져 죽어 나가는 수많은 사람
코로나 백신 개발이 지연되어
우울한 나날들

온 세상 어디 하나
안전한 울타리 기댈 곳 없어
자유로운 여행마저 제한
거리두기 지키지 않을 수 없어

넓은 운명의 활로가
서서히 제약 받아가는 순간
슬픈 마음 떨쳐버릴 그 날이
언제 우리 가슴에 와닿을지

조심하는 조바심
이제 만성이 되어
우울하고 어두운 절박감

우리 가슴에서
그 흉악한 코로나바이러스 쫓아버릴
신약 연구 개발 소식이 아련히 들려오네

창공

끝없이 펼쳐진 푸른 창공
수많은 새들이 마음껏 날 수 있는
꿈이 아닌 현실 세상
그곳에도 남모르는
함정이 있기 마련

약한 자는 힘센 자에게
잡아먹히는 절박한 세상
살아남기 위해
가진 기교 다 동원하지 않을 수 없는

처절한 새들이 사는 세상
다른 사물들은 푸른 공간 다 차지하는
새들의 삶
마냥 행복하고 안전할 줄만 느껴왔지

그들의 세상에도 수많은 사연
우여곡절 있기 마련

지혜롭고 현명한

이성 가진 인간 세상

조금 양보하고 욕망 자제할 수 있다면

더없이 평화롭고 행복하련만

적막

꽃은 피어도 아름답게 못 느끼는 세상
자연의 거룩한 진행 과정 속이지 않지만
정답게 살아야 할 인간 세상에서
수많은 인연 맺지만

서로 이용당하지 않으려고
경계하는 눈빛 너무 산만하고 슬프구나
진지하다고 인연 맺어서도
제대로 된 정다움 언제까지 지속될지

시시각각으로 변해가는 생활 속에
어제까지 좋았지만
오늘은 뒤돌아서네
마음 주고 시간 내주었지만
따뜻한 인연 맺기 너무나 어렵구나

더 어둡기 전에
적막 길 빠져나가야지

서성거리다가 자신도 모르는 사이
어느 시대 사는 사람인지 분별 못 하는 처지
흐트러진 마음 다시 재정립한다면
진실을 알게 되리

색채와 리듬

우리가 세상 사는데
색채와 리듬이 무슨 연관이 있겠느냐
반문하고 의심스러움이 있을지 모르나
그러나 우리가 사는 생활에는

정서적 색깔과 리듬의 감각이 필요하지
어떤 색깔과 리듬이 좋고 나쁘고보다
그림에는 다양한 색채가
조화를 갖춰
완성된 작품에 대한 묘미로움

우리가 사는 생활
애써 일하는 곳에
음악적 소리 리듬에 대한 조화가
역시 감미로움을 주는 순간마다
괴롭고 고단한 생활
마음을 즐겁게 하지

좋은 색채들로 이뤄진
그림을 감상하면서 사는
우리 생활을 더 아담하고 좋은 리듬이
즐겁게 불어 넣어주는
생활 활력을 부추기는 요소로구나

동산에 피는 꽃

모처럼 동산에 피는 꽃
왜 그렇게도 사나운 비바람이
못살게 구는가
꽃을 사랑하는 사람들

어느 시기 어느 날짜에
꽃을 맞이하며
기대 설레는 마음
찾아드는 사람마다

꽃향기 품는 좋은 환경 찰나
서로 정겨움 눈빛으로 인사
아름다운 꽃구경
많은 사람이 찾아드니

세상 분위기 이제 좋아지려는가
못살게 굴던 비바람도 숨을 거두고
화창한 분위기 진행으로

억누르는 비정상

빨리 사라져주기를 간절한 마음

꽃구경 온 사람들

생의 가치

우리는 세상에 사람으로 태어나
일생을 통해 무엇을 하며 살 것인가
세상에는 다양한 직업들이
자신들을 기다리고 있다

공동 사회 생활을 하는 곳에서는
반드시 각자 직업을 통해
수입과 지출이 있기 마련
만약 직업이 없다면 삶에 대한 의미 가치를
가질 수 없는 처절한 신세로 아까운 세월만 까먹지

직업이 있다고 해서 또한 능사는 아니지
자기 인생을 알뜰히 꾸려가는 심력도 좋지만
공동 사회 생활에는 언제나 유연성이 필요하다
동료와 이웃 간에 친절한 유대가 없다면
이 또한 문제지

사회는 언제나 선행으로 베푸는
안정이 필요로 할 뿐만 아니라
삶에 대한 진정한 보람 가치를 얻을 수 있다
제아무리 재물이 많거나 권세가 있다고 해도
베풀 줄 모르면
공동 사회에서
존경의 대상이 될 수 없기 때문이다

기타 소리

깊은 밤
님 그리워 잠 이루지 못해
설레는 마음 진정시키느라
애쓰는 순간 어디선가
아련히 들려오는 기타 소리

평소에 느껴보지 못한 정겨운 곡절
가슴에 품고 살수만 있다면
내 모든 것 다 주더라도 아까울 것 없으리
이 밤이 다 가기 전
내 마음에 머물러 다오

애타게 님 그리워 기타 줄에 사연 싣고
어여삐 밀려오는 참사랑 사연
무심코 지나쳐 버리지 말고
내 가슴에
오래도록 추억이 되어주었으면

깊고 긴 이 밤

오늘은 그 어찌 짧기만 하나

그리움에 사무쳐 모처럼 찾아온

은은한 기타 소리

가지 말라고 애걸하지만

정처 없이 사라져 가는

그 소리 못내 아쉽구나

인간과 자연의 조화

폭풍우 휘몰아치던 그 날들
다 흔적 없이 자취 감추고
꽃 피고 새 우는 따뜻한 봄날
온 세상이 아름다우니 마음도 즐겁네

한겨울 동안 못다 한 일들
이제 바깥세상에 나가
더 아름답게 꾸미며
살아가야 할 우리 터전
자연이 미처 못다 한 환경
인위적으로 보강해 놓으면
자연 속에 살던 곤충 새들
주저 없이 찾아와 춤추고 노래하며
사람과 정겹게 사는 참모습
세상 만물들은 인간은 적대시하지 않고
서로 즐겁게 나날 보내는 이 아름다움과
평화스러움 행복 어느 세상에 또 있으랴

별의 우정

서늘한 내 가슴에
허전한 공간
무엇을 찾아와서
메꿔 볼 수 있을는지
늦은 깊은 밤
잠 이루지 못해
창 열고 우주 공간
쳐다보니

수많은 별이
서로 반짝임
열을 올리는
경쟁심 같구나

텅 빈 내 가슴에
모두 담아
지루하고 허무한
나의 인생살이 모두 형제 삼으련다

부부

두 손 잡고 기차선로 나란히 걷다 보면
알 수 없었던 두 마음 나란히 동심 되어
어려운 고비 있었어도 부딪힘 없이
정답게 세상 길 헤쳐나간다

혼자 세상살이 너무 적적해서
사랑하는 마음으로 결혼했지
떨어지면 살 수 없고
두 마음 합치면
무거운 짐 인생길 가벼워진다

영화 같은 인생살이
사람마다 자기 인생살이 마음에서 찍는다
누가 더 정다운 인생을 사느냐
서로 사는 장면 더욱 빛내려고

오늘 밤 꿈에 어제 살았던 장면
영상으로 돌리면서

찬란했던 순간은 가슴 깊이 간직하고
안타까웠던 장면은 기쁨으로 바꾸어

오늘 살아가는 새 장면
서럽고 안타까운 장면 보이지 않고
기쁨에 넘쳐나는 새 삶의 장면
더 밝고 좋아서
두 손 더 꼭 잡고 미소 짓는다

말

말은 우리 생명 중
다음 중요한 사명감 갖지
마음의 의향을 말을 통해
전하는 민감한 역할을 하는 재주꾼

말은 상대방 의사소통으로
의향을 전해주는 귀한 징검다리
좋은 의사소통은 단비 같은 고마움
서로 오늘 사는 우리 정다운 하모니

고운 말로 전해주고 받는 성스러움
참뜻에 서로 협력하는 마음가짐
좋은 근원의 요소가 잘 발휘되어
어려운 인생 고개 잘도 넘어가지

세상 사는데 제아무리 역량 가졌어도
서로 의사소통 합의체가 없다면
삶의 질 향상 분위기 기대할 수 없지

이런 어리석음 피하기 위해

말의 중요성

다시 한번 생각해보자

4

소망의
터전

부귀영화

나날이 수심은 깊어 가는데
그 누가 이 마음 달래주려나
아무리 생각해도 이 처지
가져갈 자 없는가 봐
바람에 밀려드는
뜬구름을 잡아 보려나
누구도 쌓여가는
이 서러움 가져갈 자 없나 보다
정처 없이 떠도는
저 뜬구름에 실어 보내면
다시는 이 가슴에
북받치는 서러움 오지 않으리

가슴에 가득한 서러움 내보내려고
여기저기 정처 없이 헤매던 신세
부귀영화 다 내려놓고 떠난다면
뜬구름처럼 정처 없이
바람에 밀려 어디론가 가겠지

정처 없이 떠도는
이 가슴에
생전에 듣지 못한 가냘픈 소리
가진 것 없다고 서러워 마라
한 세상 살다 가는데
그 무엇이 필요한가

살면서 생각하자

세상 만물들은
자기에게 주어진 운명 가지고
보람도 고통도 우여곡절 거울 보고 사는 듯
날마다 열심히 자기 운명체를 다독거리며
세상 살다 보면 좋은 결실 얻을 날 있으리라

자기 일 태만하면서
남이 알뜰히 가꾸어놓은 좋은 결실 가지고
오만 감상 다 해보았자
아무런 소득 챙기지 못한 채
세월만 다 가버리고
자신을 한탄한들 무슨 소용 있으랴

때 늦기 전에 자기 인생관 재정립하여
남 못지않은 노력하고 애쓴다면
언젠가 자기 인생에도 남 못지않은
밝은 미래가 창조되리라

누구는 이 세상에서 잘나 돋보이나
못난 자기도 주어진 책임감
열심히 살다 보면
그 언젠가 세상에
남 못지않은 돋보임이 있으리라
오늘도 못난 인생 가지고
비관만 하지 말고
한 번 더 생각해보자

권력

사람으로 태어나 살다 보면
갖가지 욕망 하늘을 찌르지만
인격 연마 제대로 갖추지 못한 자
권력 취해 큰 칼 허리에 차고 보니
세상 그 어느 것도 무섭지 않네

사람으로서 다른 사람들을 다스린다는 것
쉽고도 어려운 일
제대로 다스리지 못하게 된다면
애당초 큰 칼 차지 않을 때보다
천만번 좋았을 것

순수한 세상을 살았다면
만인과 우정 높이 쌓아
정다운 인생 맛볼 수 있었을 터인데
자제 없이 큰 칼 휘두른 잘못에
만 세상에 욕먹고
그에 대한 책임 물음에

비운의 절망에서 우네

부당한 권력 욕심 없이 사는 사람들
자기들에게 주어진 순수 책임
성실히 임하다 보니
세상에 인심 잃지 않고 살았던 그 덕에
여기저기 가도 사람대접 제대로 받으니
마냥 행복하구나

적막을 뚫고

이제 다 죽었다고 단념했지만
어디에서 가냘픈 숨소리 들려온다
삶의 환경 너무 취약해
재생길 영원히 없을 줄 알았는데

오늘은 텅 빈 가슴에
작은 한 가닥의 빛이 비치는 순간
작은 소리마저 들려주네
소생길 단념하고 마음마저 정리 다 되었는데
기적같이 마음에
생동감 불어넣어 주니 고맙구나

죽음에서 헤어나지 못해
저승의 꿈 꾸고
고귀한 삶 마감하려는 순간
죽지 마라 죽어서는
세상 창조 알지 못한다
내일 죽더라도 세상 창조 알고 죽자

이 세상 태어난 것을
거룩하게 생각하자
세상에 왔으니
언제 죽을 날 있겠지
삶의 길 많이 남았는데
미리 죽는다는 것은
세상에 보내주신 하나님께 죄 된다

고백

천명을 받고 세상에 태어났다
세상에는 수많은 생명이
각자 살아가는 길이 있어서
그 길 조금이라도 이탈될까 봐
사력을 다하는 모습 참 진지하구나

가는 길이 험준해서 굳게 세운 마음
자신도 모르는 사이
나약해짐을 스스로 자백하고
다시 재정립하느라
그 고심을 떨쳐버리지 못하네
잘못된 점 누구에게
책임 전가할 수 없는 심정

인생길은 누구에게나 자유분방하지
그러나 좋고 나쁜 길은
스스로 잘 알아 선택할 문제
자기가 잘못 선택한 길을

자신이 책임져야지
누구에게 전가하거나
물을 문제가 아니다

이성적으로 선과 악이 마음속에 정립되어
옳고 그름을 다른 사람에게 묻기 전에
스스로 해결해야 할 문제
잘못이 있다면
스스로 고백하고
다시 새 인생길 열어야 하네

가을 하늘 광장

산에 붉게 타오르는 단풍
자연의 거룩함
무엇으로 표현할 수 있을까
세상 만물들은 혹독한 추위가 멀지 않음을
스스로 감지하며
오늘을 살아가네

지혜로운 인간은
스스로 꾸려가는
사회적 분위기가 자연 흐름보다 더 귀중함
서로가 인식하고 좋은 길 찾느라
하루가 바쁘게 살아가는구나

국민의 삶
잘 열어가야 할 정치지도자들
국가를 위하는 노력보다
자기 이익 챙기느라
쉴 새 없는 틈 사이

국가 앞날 위함 소홀이 지나치네
이 잘못된 사고력
무엇으로 고쳐질 수 있을까

오늘도 가을 하늘 광장
수많은 국민이 태극기 손에 들고
마음과 마음들이 모여드네
무지한 집권 세력 오만 편법 변칙
서슴없이 남발하니
분노한 민주시민들의 함성이
하늘 높이 울려 퍼지네

바다

초록빛 넘실거리는 푸른 바다
하염없이 백사장으로 나부끼는 파도
가슴에 꽉 찬 미지의 꿈을
파도 소리 장단 맞추어 풀어보리

찬란한 문명사회에 산다고 하나
무엇이 우리에게 진지한 가치관이 되는지
제대로 알찬 의로움 가르쳐 주는 자 없고
스스로 진지한 문명사회 진리 공부하려

아무도 볼 수 없는 깊은 곳에 가서
넓은 푸른 바다 그림을
마음에서 그려본다
수많은 생명체가
육지에서만 살고 있는 것이 아니라
넓은 깊은 바닷속에서도 살고 있다

사람들은 지상에 살고 있는 것만
그리고 노래하는
고착된 습관을 넘어
바닷속의 미지에 대해서도
깊이 관찰하고
그리고 노래하며 산다면
인간 세상 의문점
많이 해결할 수 있으리라

가을 추수

오곡이 만발하니
농부들의 마음도 풍요롭구나
사람이나 짐승이나
세상사는 게 먹을 것 많으면
생명에 대한 배고픔 한시름 놓는다

한여름 따가운 햇살과 싸워
알뜰히 가꾼 작물 열매 결실 충실하니
더없이 기쁨에 가득한 농부의 마음
이 한해도 풍년가가 절로 나오네

천운 가지고 사는 농부
알뜰히 일한 보람
누구에게 감사드려야 좋을지
이 세상사는 매력 자신의 부지런함

스스로 고마움 자신을 다짐하고
오늘 사는 정직함 스스로 체험했네

아무리 좋은 바탕 주어도
부지런함 없었다면
오늘 이 좋은 결실 이룰 수 없지

이 좋은 결실 맺어준 언덕
하나님께 감사기도 드리고
내년에도 풍년가 부를 수 있기를
오늘도 기도한다

슬픔이여 안녕

아름답게 살기 위해
여기에 정착했네
비바람 몰아치는 자연의 무정함
어쩌다 이곳에 영원한 삶 터전
정착하게 되었는지
스스로 원망스러움 자제할 길 없네

모진 목숨 함부로
좌지우지할 수 없고
타고난 운명 길
어디에 하소연할 길 없네
고독한 슬픔 양어깨 걸머지고

죽거나 살거나
고행길 가지 않을 수 없는
처절한 운명 길 넘을 때마다
한없는 슬픔 가슴에 밀려드네

이 길 가지 않으면
새 삶 이루어 낼 방안이 없지

가다가 죽는 한이 있더라도
한번 결심한 이 길 쉽게 버릴 수 없네
노력하고 애쓴다면 세상 사람 돕지 않아도
바른 인생 살겠다고 발버둥 치면
하늘이라도 도와주리라

끈

세상에 와서 살며
자식 있으니
허전한 공간 메워주고
마음의 든든함

산만한 세상 마음의 정착
쉽게 이루어내지 못할 때
자식 생각 마음에 떠오르면
흐트러진 마음 굳게 세워진다

부모의 모범적인 처세
자식에게 산교육 마음으로 가르쳐야지
발랄한 젊은 시절
마음의 유혹 함부로 휩쓸리지 않고
스스로 자기 마음 잘 다스릴 줄 알고
부모가 말하지 않아도
사람도리 제대로 지켜나가면
훗날 큰 재물 물려주는 것보다 낫다

사람이나 짐승이나
이 세상 끝까지 함께 할 수 없고
어릴 때부터 고이고이 잘 길러
세상 떠날 때 다 물려주고 가는 고귀함

새 시대 여는 마음

자연이 펼쳐주는
우리가 사는 세상
다소 부족한 점 있더라도
투정 부리지 않고
스스로 모난 점 바로 잡아주는 공덕심

아무에게도 알리거나 자랑하지 않고
남몰래 선행 배려
진지한 좋은 사회 다독거려
길 열어가는 선구자

아름다운 우리가 사는 세상
누가 좋게 만들어주나
스스로 참회하는 마음으로
헌신하는 자질 갖는다면

우리가 사는 공동 세상 사회
소리 없이 질서 정연

너저분한 환경 깨끗이 정돈되고
곱게 다듬어져 나간다

사람들은 함부로 거친 말 자제하고
밝은 사회 조성하는데 서로 협력하는 마음
내일 바른 질서 환경 잘 정착되어 나가는 순간
이웃과 미소 짓는 마음 마냥 기쁘기만 하다

환호

어렵게만 진행되던 날들
무슨 수를 써야만 좋은 결과
이룰 수 있을지
아직도 풀리지 않는 막연한 나날
낡은 이상 이제 내려놓고
새 희망 열 수 있는 대안 찾느라
마지못해 가던 길 그만두려고
수없이 다짐하지만 쉽사리 끊지 못한다

새 대안 쉽게 떠오르지 않는 이 심정
답답한 가슴 속 한없는 망설임
너저분하게 꽉 찬 자존심
이제 미련 없이 다 버린다

깨끗이 비운 가슴
새 희망 내 걸 수 있는 대안들
조건 걸지 말고 시원스레
차곡차곡 채운다

우왕좌왕 갈피 잡지 못했던
지난날 다 접고
새길 구상 마음에 가득 채웠으니
내일의 밝은 인생관
새길 따라 더 열심히 걸어야 한다는 다짐 때문에
환호의 불길이
가슴에 타오른다

새 아침

넓은 세상에 해무가
천지를 뒤덮어 한치도
앞을 가늠할 수 없는 적막한 세상
아침에 태양이 떠오르니

그 짙은 해무 다 어디로인가 자취 감추고
온 세상 밝기만 하니
두렵고 절박했던 마음의 심산
서서히 진정되어 가는 기분

새롭게 단장해야 할 우리 앞날
정다운 사람과 상의해서
평소에 소원인 선행 징검다리
바다에 태풍이 불어
높은 파도가 일거나

가다가 태산이 가로막혀
더 나가지 못할지라도

굴을 뚫어 나갈 수 있는 자신감
태양이 서산에 지고 어두움이 엄습해 올지라도
한번 정한 길 중단할 수 없어서

설친 잠 참아가며 좋은 대안 찾아
새 아침 태양 떠오르도록 기다렸다가
태양과 벗 삼아 일터에 나가
즐거운 마음으로 일을 하면
제대로 된 꿈 이루어질지로다

두 마음

황금만능 시대
돈 없이는 어디 간들
사람대접받기 어렵구나
돈 때문에 사랑 얻기 버려야 하나

사랑을 갖기 위해 돈 벌기를
소홀히 함에 황금이 쌓이지 않네
돈도 사랑도 다 가져야 한다는
두 마음 욕심 때문에

그 하나도
제때 제대로 챙기지 못한 신세
어디에다 두고 하소연할 길 없구나
세상 사는 적절한 시기에
돈도 가져지고 사랑도 얻는다면

이 세상에서 쉽게 이룰 수 없는 횡재지
한 가지라도 주어진 제 시기에 이루어낸다는 것

여간 까다롭고 어렵지 않을 수 없으련만
사랑을 가지려니 황금에 울어야 하고

황금을 가지려 사랑에 울어야 하고
이 두 가지 운명에 대한 마음
그래도 제일은 사랑이지

시절

농부들이 초봄부터 여름내
땀 흘려 정성껏 가꿔놓은 작물들
올 들어 큰 태풍 두 번 지나는 사이
수많은 곡식과 여러 과수 열매 낙과로 말이 아니네

하늘이 무심도 하지
순진한 농부들의 정성 어린 노고
그렇게도 몰라 주니
앞으로 무슨 마음 갖고
하늘 쳐다보고 살아야 좋을지

온 세상이 코로나바이러스 때문에
난리가 난 와중에 무심한 듯 큰 태풍마저
하늘 처사 믿고 사는 농부들에게
마음의 상처 너무 깊구나

무심한 자연의 혹독한 변태성
누구를 탓할 생각 마라

주어진 운명을
그 어디에나 기대지 말고
오직 자신들의 고통스러움
스스로 감수하자

목적지

태산 같은 어려움
헤쳐 나가려니
수많은 알쏭달쏭한 생각들
앞으로 나가려는데
많은 혼선 가져오는구나

어느 마음 정상인지
한번 잘못 선택했다가는
두 번 다시 기회 얻지 못할
중대한 순간 찰라

그렇다고 이날 저 날 미룰 수 없는
중대한 사안
몰락이냐 성취냐 숨 가쁜 마음
가진 지혜 역량 총동원해
결판을 내야지

이 어려운 고충 어디에다 하소연할 곳 없고
죽기 아니면 살기로
스스로 결정해 가는 길
과연 잘 통과할 수 있을 것인지
자신마저 애매한 기대
열심히 애쓴 덕분인지
무난히 통과하니
마음의 즐거움 하늘을 나네

겨울 문턱

세상 사물들은
혹독한 시련의 길목에 서 있네
좋았던 지난 세월
훈풍에 많은 수액 저장하느라

바쁜 나날 소리 없이 지냈지
앞으로 인정사정없이 휘몰아칠
차가운 눈보라
어떻게 감당할 것인지

여름내 열심히
수액 잘 저장한 사물은
그 어떤 고난의 역경도
잘 헤쳐나갈 수 있으련만

그 좋았던 시절 마냥 즐거움에
도취되어 세상 살던 사물들은
다음 다가올 혹한 세월에

준비 못 했다면
죽음의 저승길
눈앞에 보이네

광야의 꿈

내 가슴에 쌓여가는
희망의 꿈
아침 햇살이 넓은
광야로 퍼져나감같이

서슴없이 이루어지기를
고대히 바라는 마음
열심히 노력하는
정성 누가 가로질러 막으랴

세상 살아가는데
아무 노력 없이
생명 부지한다는 것
인간으로서 세상 사는데

참뜻 진리 아니지
세상 어느 누가
귀한 보배 갖고 있은들

내 덕이 없어서
갖지 못한 것을 자신을
원망 말고 주어진 도리
제대로 지킨다면 더 값지리라

소망의 터전

가슴에 부푼 꿈 싣고
해 저무는 줄 모른 채
넓은 만경창파
노 저어 가노라면

서쪽 언덕 하늘에
휘황찬란한 노을 장면
누가 저렇게 화사하게
수놓아 주는지 알 듯 말 듯

마음의 환상
노을 한 장면과 같이
흔적 없이 사라져 버리면
다시 제정신은 원점으로 돌아와

새날이 밝아 오기 전에
더 열심히 노 저어
원하는 목적지에

차질 없이 도달해
애타게 기대했던 소망
마음 끝 펼쳐 보아야지

바른 진리

참뜻 짊어지고 가는
형제들이여
죽음의 계곡으로
찾아가자

마음에 거북함
쓰라린 고통
마냥 참을 수 없지
죽든지 살든지

이제 더 지체할 수 없다
누군가 희생 없이
악마에게 빼앗긴
우리 삶 참 진리
이제 찾으러 가야지

악마의 계곡에는
머리 잘 굴리는 자들

비정상 음모 제작에
늘어만 가는데
바른 진리 찾으러
악마 계곡 갈자
그렇게도 머뭇거리는가

진로

바람 속에 구름 속에
떠밀려 다니는 영혼들아
이 세상에서 무엇을 잘못했기에
제 갈 길 제대로 못 간 채

정처 없는 나그네 되어
미운 정 고운 정
분별도 못 한 신세
하늘이 도우려 해도
제대로 된 정착지 없으니

도움 줄 자 역시 망설여지지
한번 잘못 선택한 진로
이 세상 삶에도 고난이 많지만
죽어 저세상 가서라도

정처 없는 신세 면할 길 없구나
비록 오늘 가는 길

고통이 수반되더라도
올바른 길이라면
누가 무슨 말 하든지
변치 말고 가야지

자기완성

님 그리워 우는 마음
어느 누가 달래주려나
그렇게도 애써 다져놓은
마음의 결심

이날 가고 저 날 가니
말 못 할 서러움만 쌓여가네
온정성 다해
이성을 잃지 않으려고

깊은 산속에 가서
아무도 보지 않은
차가운 겨울 물에 냉수마찰을 하고
넓따란 바위에 앉아
기도를 올려본다

이 골짜기 저 골짜기에서
불어오는 시원한 바람

주위에 수많은 나뭇가지가 춤을 추고
어서 일어나라 영감을 주며
헛된 공념 갖지 말고
진정 자기완성 더 필요로 하구나

꿈의 사막

널따란 허허벌판
생명체 존재 흔적도 볼 수 없는
사막 위로 외롭게 걷다 보면
이곳에도 땅속 깊이
지하수가 흐르겠지

모든 호사스러움 단념하고
자연이 이뤄주지 못한
이 척박한 땅에 정착해
지하수를 개발하고

사막에 잘 견디어 살아남는
나무를 찾아 심고 또 심고
일생을 통해 세상에 조그마한
흔적이라도 남기고 싶네

수많은 세상 사람들은
고통의 멍에를 피해

안락한 삶을 찾는 데만
관심 있지
이 척박한 땅에 정착함을
꿈엔들 생각하리

통치권의 누수

험난한 순탄 길
잘 정리했다고
칭찬 쏟아부을 때는
언제이고 인제 와서

통치권과 잘못 저지른
비행 바로잡으려는데
처음 맞이할 때 고운 정 칭찬
다 어디 가고 미운 정 감정 삼아

예의 없이 작당들을 총동원해
소리소리 지르며 하루속히
자리 비워주기를 온갖 위협 술책
다 동원해도 뜻을 이루지 못하니

마지막 얄궂은 올가미를 만들어
위협을 주고 있네

내일 죽는 한이 있더라도
오늘 최선을 다해보는 것
양심을 갖고 의를 아는 자는
적극 돕고 외치지
이마저 약한 면 있다면
하늘이 도우리라

자유

억압에서 풀려나
마음껏 넓은 공간을 바라본다
넋 잃은 시민들이 마음을 진정시켜
각자 온당함을 세상에 마음을 내민다

스스로 지켜야 할 도리를 재정립시켜
자유세상 폭을 더 넓혀
각자 책임질 사명을 더 깊이 인식하고
내일 우리 세상이
더 밝게 창조되어 나가길 바란다

우리에게 주어진 진정한 자유
누구든지 의심 없이
만방으로 펼쳐라
자유여 영원하라
우리가 사는 넓은 세상에
이때만큼 간절한 마음
짧기만 하고 아쉽기 그지없네

5

이정표를
따라

마음의 문

넓은 세상
수많은 사물
우주 공간에 반짝이는 별들
다 마음속에 그려보고 상상해본다

필요한 것은 마음에 담고
그렇지 않은 것은 버리고 가야지
우리는 이 세상에서
한정된 생활을 하지만
마음의 세상은 넓고도 깊지

비록 현실 생활상 갖지 못하고
가보지 못한 곳
마음의 영혼으로 감상하며 살다 보면
외롭거나 갖지 못한 것들
상상으로 보충해본다
요술 같은 마음을 내버려 두지 말고

마음의 문을 활짝 열어젖히면
온갖 귀한 사물들 갖고 싶은 보배
다 볼 수 있고 가져볼 수도 있지
또한 가보고 싶은
그 세상 마음으로 가볼 수 있지

공덕탑

정성을 다해 애쓰고 노력하지만
원하는 기대 갖기란 쉽지 않으리
자칫 잘못하다가 돌이킬 수 없는
우를 범하지 않을지

성공을 이루기 위해
가진 지혜 총동원하는 것
그 어느 선생님보다 자신이 더 잘 알지
자기가 원하는 길 누가 알 수 있으랴
자신만이 가장 쉬운 방법으로 가야 한다

스스로 현명한 용단 없었으면
애당초 가고 싶은 그 길
생각지 말아야지
자신을 위해 가야 할 길
그 누구에게 맡기랴
수많은 고통이 수반되는 험난한 길

한 발짝 두 발짝 단축해 가는 정성
비록 더디고 힘겹지만
그래도 쉬지 않고 가는 의지
결국
먼 훗날에 큰 공덕탑이 세워지리라

리듬 인생

우리 가슴에 어두움이 스며드니
슬픈 곡절 소리마저
가슴 공간을 메워드네
허우적거리는 우리 인생에

어느 때 어느 시절에
밝고 아름다운 애찬 곡절이
가슴에 꽉 찬 슬픈 곡절을 몰아내고
경쾌한 리듬 진군 소리 들려올지

우리 사는 인생에는
바다에 굽이굽이 너울이 일고
육지에는 굽이굽이 산 등이 있듯이
언제나 슬픔이 지나면

환희 기쁜 시절 오기 마련
그러고 보니 애찬 우리 가슴에는
슬픔과 기쁨이 넘나드는 리듬 삶

그나마 슬픔 곡절 빨리 보내고
기쁨 리듬 곡절 오래 간직했으면
간직해 보았으면

절박한 운명

천지 기운이 쇠약해져 가니
넉넉하지 못한
우리 삶에도 위축을 받네
이 고난의 시절을 어떻게
잘 참고 넘길 수 있을는지

이 마을 저 마을 사람들도
우울 초조 불안감 잠재울 길 없어
오늘이나 내일이나 하루속히
이 위기가 넘어갈 수 없는지

진지한 정성으로 비는 마음
우리 사는 현실
세상 위기의 다급성
왜 이런 쓰라린 고통을
짊어져야 하는지
생각하면 할수록
더 아픔만 느끼네

오늘 살고 내일 이 인생이 마감될지라도
진정한 사람도리 저버리지 말고
바른 자세 일관하며
지나온 발자취 그나마
깨끗한 모습 보여야지

층층 계단

쳐다보면 볼수록 언제 오르나
마음 절망감 진정 기미 없고
한 계단 오르기 전
희망의 기대보다 나약한 혼미

그래도 시작인 첫발을 내디뎠으니
뒤돌아설 수 없고
비관적인 마음의 혼미 초조함
진정시키며 한 계단 두 계단

오르는데
마음을 모아주니
자신도 절망감에서
희망으로 변신하여

언제 저 많은 계단 오르나
하던 첫걸음 그 순간 잊고
현재 올라가고 있는 계단 실적 좋으니

정신적 안정감 능력을 믿어주고
높은 계단 위에 오르니
천지가 감미롭구나

자유의 깃발

눈보라 휘몰아치는 북풍
세상 생명체를 가진 사물들
그 어느 누구도 좋아할 자 없으리
단지 자연의 기후 유동성은 있기 마련

우리 사는 생활 터전에
사나운 계절은 지나갔고
따사로운 봄기운은 마냥 풍기는데
왜 어렵고 고통스러움 떠날 줄 모르는지

가슴마다 억누르는 불편한 심기
어디에다 하소연할 길마저 없어
하루하루 사는 인생길 너무 처량해
따스한 해가 떠도 그 고마움 진정 못 느껴

적막한 어두운 밤에도
우주 공간에는 수많은 별이 서로 반짝이는 영광
어느 세상에 그 찬란함 또 볼 수 있으랴

이 밤이 다 지나면
내일 새 아침에
자유의 깃발 더 높이 달아보자

행복의 근원

주어진 역량만으로도
잘 가꿔 다스려 나간다면
운명에 없는 복 기다림보다
더 행복해지련만

세월은 마냥
나의 역량 활용에
기다려만 주지 않으리
누가 무슨 방법 수단을 써도
말없이 흘러가는 세월
멈춰 세울 재간이 없네

비록 오늘 하는 일이 큰 실적은 없어도
매일 하다 보면 이력이 쌓여
실적이 말없이 늘어가고
마음에도 든든한 버팀목이 되지

부모가 살아생전 열심히 일해
모은 전 재산 넘겨주는 횡재보다
자신이 어렵게 쌓은 작은 재물이나마
더 값지고 행복함
큰 뼈저림으로 느껴지리

믿음의 언덕

잔잔해야 할 태산같이 믿었던 그곳도
말 못 할 파란만장 거센 물결이 일고
감당하기 어려운 태풍권에 휩싸일
일보 직전

마음의 불안 떨쳐버릴
재간이 없어 나약함 다급한 숨결
서로 쳐다보는 얼굴마다
활기찬 자신감 보기 어렵고
슬픈 기색만 난무해 보이네

그렇다고 내일 죽는 한이 있더라도
오늘 가진 역량 다해 시도라도 해보아야지
우리에게 그 어떤 수난이 몰아쳐도
보호막으로 기대했던 그 부서도
모래성처럼 맥없이 무너져버리네

슬픔과 괴로움 온 전신을 마비시키는
오늘날 우리 운세
그대로 정처 없이 사라질 수 있나
가슴에 아직 뜨거운 혈맥이 뛰지 않느냐

목숨을 부지하기 위해
마음에 없는 일에 동승하지 말고
죽을 각오로 불의와 싸워 헤쳐나가자

마음의 정서

바닷가 모래알
보석같이 빛나고
거울같이 내 마음에
아름답게 비추어주네
어디 갖다 놓아도
싫증 나지 않으면
누구에게도 외면당하지 않으리

마음의 아름다움
하루아침에 이루어지지 않으리
수많은 세월 통해
가다듬고 애써야만
될까 말까 한 문제를
단시일에 곱게 단장한다는 마음 접고
장시간 정성 어린 노고를
진리로 삼았으면

꽃 감상

화사하게 피어나는 꽃
누가 싫어할 자 없으련만
아무리 찬란한 무늬 갖고 피어나도
마음 여유 갖고 제대로 감상할 자
어디에서 언제 맞이할 수 있을는지
좋은 명당에서 화려하게
피어나는 참모습이지만
제대로 감상할 자 없다면

비바람과 장난치다가
소리 없이 사라져 버리고 말리라
화려한 자태 아깝기는 하지만
주어진 환경 그것뿐이니 어찌하리

다음 다시 피어날 때
감상할 자 많이 와서
제대로 감상하며 어여삐 여겨준다면
이번에 피어난 가치 제대로 보상받네

이정표를 찾아

이 몸은 정처 없이 떠도는 나그네
이 거리 저 거리 헤매보지만
진정코 정착할 곳 못 찾으니
마음의 혼란스러움 잠재울 길 없구나

한 번밖에 없는 거룩한 운명
심히 학대할 수 없어서
오늘도 하루해는 서산에 기울고
깊은 밤 오기 전 안식처를 찾아야 하는데

쉬울 듯하면서 마음에 든 안식처 찾지 못하니
생각의 절규 진정시킬 방법이 없네
이 몸은 구심점 없이 흘러가는 세월에
운명을 맡겨야 할 처절한 신세

한편으로 스스로 자신을 원망도 해보고
이 세상 살아갈 의욕마저 단념할 순간
문득 그래서는 아니 되지 부모님이 생각나

어렵지만 다시 노력하고 애쓴다면

원하는 이정표는

반드시 찾을 수 있으리라

등대(2)

바닷길 인도하는 등댓불 고동
한없이 넓고 넓은 푸른 바다
조용한 분위기 어부 마음을 안심시켜
먼바다로 배 엔진 속력을 높여 목적지에 달해

마음껏 고기잡이에 열을 올리다 보니
언제 낮시간이 다 갔는지
생각 외 고기는 많이 잡았지만
까마득한 육지 항구에 언제 가질지

거센 바람은 불고 물결은 높아져
뱃전에 넘나드는 거친 파도
감당하기엔 너무 힘겹네
덩치 큰 상선들은 걱정 없이 내달리지만

작은 고기잡이 어선들은
가득 실은 고기 아까워 바다에 수장시킬 수 없어서
운명의 사선에서 견뎌보는 절박감

때마침 육지에서 가냘픈 고동 소리
희미한 빛으로
뱃길을 인도하네

자연의 의미

차가운 눈보라 기세도
한풀 꺾여나가고
살랑살랑 따스한 봄바람
불어오는 분위기 다가오는데

만물들은 한겨울 동안
수많은 생명체가
안타깝게도 저세상 떠났고
남은 생명체들은

새 삶 기류 타고
온 정성 다하는데
우리들의 삶터에는
새 삶 아름다움 보이지 않고

위험스러운 덫 인계철선만
엮어가는데 왜 사력을 다하고 있는지
죄 없는 서민들이 마음 놓고 살아야 할

생활 터전에 어렵고
산만한 분위기 조성은
언제쯤 멈추려나

황금

가진 것 적더라도 서러워 마라
값진 인생은 열심히 노력해
정직하게 사는 외 다른 대안 없구나
노력하지 않고
황금 꿈 속히 지워버리므로

앞으로 세상 살아가는데
환란 위험 부담 덜고
살아갈 방향 참스럽고 아름답지
세상 사람 속이고 얻은 재물 치부
사람으로 행할 도리 아니지

부당하게 얻은 재물
결국 허영 유흥으로 낭비하고
인격 품위 손상은 그 어느 세상 가도
만회할 길이 없지
이런 비정상 길 원하지 않는다면

열심히 정직하게 노력해서
작은 황금일지라도
낭비에 자제하고 알뜰히 챙긴다면
불로소득으로 위세 하는 자보다
수백 배 마음 편히 행복할 수 있으리라

보배

바람 부는 구름 속에 떠도는 허공
내 아름다운 알찬 보배
찾아 헤매는 신세는 말아야지
적으면 적은 대로
많으면 많은 대로

내 운명 걸고
열심히 노력하는 곳에
얻어지는 것이야말로
진지한 믿음의 알찬 보배지
이런 진지한 진리 외면한 사람들

기다리고 애써 보아야
주어진 자기 인생 다 가버리고
땅을 치고 후회해본들
아무런 소용없고
헛 인생 살았지

바른 마음 가지고 세상 사는 사람들
격에 없는 횡재가 요행은
마음의 진리 아니지
혈맥이 띄는 한 주어진 자기 능력껏
열심히 일해 얻은 작은 보배도
깊은 의미 갖지

공동체 하모니

사람이나 동물이나
생명체를 갖고 공동생활을 하는
사물들은 언제나 균형 있는
질서 조화가 필요하지

이런 좋은 환경을 잘 조성 유지하기 위해
인간은 공동 사회를 잘 유지해 가기 위해
언제나 책임 있는 대로 대표 지도자가 필요하고
무리를 가진 동물 역시
무리를 잘 이끌어 갈 대장이 필요하지

이 세상에서 공동 사회 생활에
가장 많은 조직원을 가진
인간에게는 사회 제도상 엄한 규범이 필요로 하지
그런 의미로써 마찰과 부당한 세력이 함부로
힘의 행사를 자제시키는 사회제도 규범상
균형 있는 하모니가 필수지

이 세상에 공동체를 갖고 사는 사물들은
어느 때나 안전과 평화가 지속해서
유지 발전해 갈 수 있게끔 노력하는 반면
새로운 시대 문화에 맞게끔
연구 대처도 필요로 하지

행복을 찾아

세상 사물들은 대다수가
일 년 사계절을 타고 가는 사이
자기들이 원하는 계절을 통해 행복을 찾아가네
인간은 행복을 찾아가는데
사계절에 크게 구애받지 않지
어느 계절인들 원하는 수입이나 연구가 달성된다면

만족스러움 행복한 미소가 있을 수 있지
밤이고 낮이고 행복의 근원 찾아
쉴새 없이 움직이는 인간의 두뇌
오늘은 어디에서 무엇을 해야만
행복을 앞당길 수 있을는지

마음에 원한바 충족시키기 위해
생각 가늠을 잘 조절해 손발이 움직이어야지
세상 그 어느 재주꾼도 일하지 않은 곳에
원하는 대가성 이루어지지 않으리

아무리 좋은 시절 공상으로만
행복 가질 수 없고
열심히 일하는 곳에서 원한 바
소원 성취 이루어지지
오늘도 행복을 추구하는 사람들아
다른 이상 꿈 버리고
한번 결정된 그 이상
잠시도 머뭇거리지 말고 계속 가야 한다

2차 세계 대전

인류 세계 사악한 지배 패권 탐욕에
전쟁을 일으켜
죄 없는 수많은 사람을
무참하게 처형시킨

아돌프 히틀러 영혼이시여
지금 어느 세상에 가서
무엇 하고 지내느냐
사람으로 세상 태어나

인류평화 위해 크게 기여 못 해서라도
죄 없었던 순수한 민간 유대인 6백만을
악랄하게 죽이지 않았어도
세상 삶들은 그렇게 저주하지 않으련만

오늘날 선진 공업국 지도자들이시여
사악한 인류 세상 지배야욕
하루속히 청산하고

불쌍하고 가난한 나라에 관심 갖고
더 많이 원조해
진정 인류평화에 이바지한다면
그 정성 크게 받들고
인류 역사상 길이 빛나리

부활 꿈

자연의 성스러움 좋기도 하지만
인간의 세상 삶에 대한 치열한 경쟁
자제분별 없이 지나치게 열을 올리다 보니
서로가 서 있는 바탕이
자신들도 모르는 사이

위험스럽게 무너져 내려앉고 있지만
이 위기를 극복할 대안 생각 없이
온갖 수단 방법 다 동원하여
생존 경쟁에 밀려서는 안 된다는

서글픈 나날들
삶의 위대한 진정성
스스로 지키지 않으면서
좋은 세상 미래 기대란

마음의 요람이지
이런 무분별한 경쟁 속 세상 살다가

운명이 끝나면 다시 이 세상 와

산다는 부활 꿈

잊어주었으면 좋겠구나

전쟁

흉측한 야망 품은 자
사람의 고귀한 생명을
아무렇게 취급하는
인간 저질 난폭 꾼

아이들은 동네 놀이터에서
여러 놀이 재미에 정신이 팔려
시간 가는 줄 모르는 아름다운 정서

목장에는 젖소와 양들이
한가롭게 풀을 뜯어 먹는 사이
잊었던 새끼 찾느랴
목청 돋워 소리 지르네

난데없이 멀리서 천둥 같은 포성 소리
조금 더 지나니 울커덕거리는 탱크 진입 소리
평화로운 마을이 아수라장이 되어
여기저기 뿌얀 연기 포성은 더 짙어만 가네

아~ 인간이 사는 세상

너무 참담하고 전쟁으로 죽어 나가는

아까운 생명들 언제 다시 돌아올 수 있으랴

한번 떠나면 두 번 다시 기약 없는 슬픈 전쟁이여

환희

어두움 휩싸인 적막한 세상
하루속히 영화관 스크린처럼
괴로움 지나가고 밝은 장면 보여주었으면
절박함에 우는 마음들 한시름 놓을 수 있으련만

지나온 고달팠던 세월을 생각해서라도
이제는 그 어떤 기만 유혹에도
마음을 팔지 말아야지
세월의 병은 누가 고쳐주나
자신들에게 주어진 권리행사 신중해야지

인격이 충만하지 못한 자들
권력에 야심 품고 온갖 기만전술
함부로 남발하여 순진한 서민 마음 얻으려고
발광하는 정치꾼들 이제 다시 현혹되지 말아야지

태양은 한번 서산에 기울면
다시 솟아오를 수 없듯이

다음날 다시 기다리는 기회 있지만
한밤 사이좋은 세상 환경을
쑥대밭으로 만들고 마네
이 서러움 저 서러움
다시 상처받지 않으려면 바른 권리행사 해야지

절박감

자연은 아름답게 펼쳐 나가는데
우리 삶에 우울함은 떠날 줄 모르는가
거짓 모르는 세월 잡고
한탄한들 무슨 소용 있으랴

주어진 우리 환경
좀 거친 면 있더라도
참고 개선하는 데 주력하다 보면

생각 외 좋은 방향으로
이끌어 줄 기회 올 수 있지
절박감 말 못 할 사정 있어도
누구 탓할 생각 말고

눈물을 삼키며
무거운 마음 쓰다듬으며
쉬지 않고 바른길 나갈 수 있게끔
애쓰고 노력한다면 꿈은 이루어지리라

세월

만물들은 세월 먹고 자라나지
까맣게 작은 어린것들이
언제 자라나 성숙한 모습
보일 그날이 오려나

세월은 때로는 지루하기도 하고
때로는 나 몰래 습하기도 하지
누가 무어라고 해도
세월을 잘 활용하는 자
성공에 찬미를 가져오는
거룩한 면 현명하기도 하지
사람들은 자라나기 위해
먹을 식량만 있으면 만족감

안타깝게도 세월의 귀중함을
쉽게 깜빡 잊고 사는 모습
한편으로는 늠름한 것처럼 보이지만
때로는 참 어리석기 그지없구나

역풍

세차게 불어오는 북풍에
돛대 높이 세워
망망한 대해
거침없이 잘도 간다

뱃사람 어느 누구도
역풍이 불어오면
어떻게 할 것인가
어느 누구 말 한마디 없네

멀지 않아 겨울은 다 가고
계절이 바뀌 남풍이 불어올 것인데
뱃사공은
이제 목적지
얼마 남지 않았으니

그곳에 다 다르면
모든 것이 다 우리 세상인데

어느 누구도 이의제기하는 자 없구나
지금 남풍이 세차게 불기 시작하니

꿈은 사라지고
망망한 대해서 헤매는 신세
자신을 원망하랴
세상을 원망하랴

축복의 근원

마음의 근원은 진실한 행동이지
제아무리 선한 마음 가져도
행하지 않으면 무상이지
선한 마음으로 좋게 행하면

세상에 그 어떤 행함보다
아름답고 고귀하지 않을 수 있으랴
만 가지에 부족함 없는 자
온 세상 다 자기 것인 것처럼 큰소리치며

으스대지만 작은 선행 하나 없이
자기 뒤따라오라는 무리함
감정 가진 사람으로 불쾌감 들지
누구나 이성 가진 사람으로
현명한 인생 살고 싶지만

제아무리 다짐하고 주의해도
때로는 착각 과실로 인해

오류를 범한 일 때문에 고민하지
그러나 자신을 바로 세워
덕을 베풀며 살아야지

운명

가는 길 고달프고 서럽더라도
원망 말고 주행하자
세상 만물들 역시 삶에 대한
많은 애로 없지 않으련만

사람보다 낮은 지혜 가졌어도
스스로 주어진 자기 운명에 대해
소리 내지 않고 잘 이행하며 사는 것이
행복한 미덕이 아닐 수 없으련만

인간은
왜 그렇게 다른 사물들보다
요구하는 욕망이 그리도 많은지
만 가지 다 채우려다 보니
황금 같은 시간은
말없이 흘러가고

꼭 필요한 것도

제대로 챙기지 못하는 인생들
마음 가득한 욕망만 비울 수 있다면
일생을 통해
꼭 필요한 몇 가지라도
제대로 챙겨
행복한 인생을 살 수 있으련만

감사글

우리가 세상 온 지 엊그제 같구나. 인생을 사는 동안 많은 고충을 여러 지인으로부터 좋은 가르침을 받았으나 사회적으로 아직 많은 은혜 갚지 못한 불찰에 미안함 잊지 않고 살아가고 있습니다.

누구든지 사회 선행하지 않고 존경 대상이 된다는 것은 꿈과 같이 있을 수 없는 일입니다.

아직도 생동하는 이 마음은 좀 더 지혜롭게 가난하고 어려움에 처한 어린 꿈나무들에게 조금이나마 도움을 줄 수 없을까? 보잘것없는 생각이지만 지난번에도 그랬거니와 이번에도 출간하는 한 권의 시집도 더 팔아 가난한 어린 후배들을 위해 장학금으로 희사할 것입니다.

나의 절친 송하현 사장의 책 출간에 남다른 지대한 관심에 감사하고, 지난번 책 출간 때 기사화해 주신 경기일보 주필 김구보 선생님, 경희법대 17기 동기들, 단평을 써주신 한국생명의전화 하상훈 원장님, 시인 정연복 선생님, 또한 교정을 봐준 아내 이광자 교수와 이번에도 시집 출간에 전적 책임을 지고 정성을 다해 준 선우미디어 이선우 사장께 진심으로 감사드립니다.

2022년 8월
홍규섭

홍규섭 시집

소망의 언덕을 향하여